JN154853

新潟の怖い話

妙高山に現れし闇の者

寺井広樹・とよしま亜紀

はじめに

私が怖い話に興味を持つようになったのは、祖母の存在があったからかもしれない。

夜になると、祖母は布団の中でさまざまな話を聞かせてくれたものだった。ワクワクするような冒険談もあれば、夜一人でトイレに行くのを躊躇《ちゅうちょ》してしまうほどの怪談もあって、私は祖母の話を楽しみにしていた。

ある夜、祖母は人伝てに聞いたという、不可思議な出来事を話してくれた。それは新潟県の雪にまつわるものだった。

小学校へ上がる前の千代ちゃんは、お母さんと一緒に新潟県という雪のたくさん降るところへ出掛けた。新潟にはお母さんの実家があった。

千代ちゃんはたくさん積もった雪を見るのは初めて。うれしくなって雪だるまを作ったそうだ。小さな雪だるまだったが、とても上手にできたので、薪の切れ端や炭で目と鼻と口も付けた。

夕方になり、千代ちゃんは雪だるまを一生懸命抱えて、家の中に入れた。外に一人にしておくのがかわいそうだったからだ。

すると、暖かい囲炉裏の側で、雪だるまはだんだん目尻が八の字に下がり、顔が崩れそうになってきた。

千代ちゃんが雪だるまの顔の変化を見て驚いていると、お母さんが寒いところに置けば溶けることはないと、雪だるまを外へ出した。

その夜、ひゅうひゅうと鳴り響く風の音に混じって、誰かの泣き声が聞こえてきた。布団の中で千代ちゃんは怖くなって手で耳をふさいだ。

翌朝、千代ちゃんは目が覚めると、すぐに着替えて外へ飛び出した。雪だるまがどうなっているか、心配だったからだ。

だが、外へ出ても雪だるまの姿はなかった。千代ちゃんは家の周りを探してみようと歩き出した。すると、真っ白な雪の上に真っ赤な点々がぽつぽつと落ちているのに気が付いた。千代ちゃんは不思議に思ってたどってみた。すると、その先に雪だるまがあった。

雪だるまを見つけて喜んだ千代ちゃんは、駆け寄って雪だるまの顔を覗き込んだ。その時、薪の切れ端や炭で作った目と鼻と口が崩れて、雪だるまの顔から滑り落ちた。

そして、落ちた目や鼻の跡から大量の液体が流れ出し、真っ白な雪だるまを真っ赤に染めた。

この話は、当時小学一年生だった私の心を大きく揺さぶった。

思い起こせば、怪談や摩訶不思議な出来事に惹かれるきっかけと言ってもいいだろう。

今回、そんな私の原点ともなる新潟の怖い話に携わることができたことはありがたい限りである。

さて、本書では、山の章、河の章、昔人の章、現人の章に分けて、新潟で起こった怪異譚を紹介している。新潟の豊かな自然、歴史と共に、じっくりと恐怖の世界を味わってほしい。

とよしま　亜紀

新潟の怖い話　妙高山に現れし闇の者　目次

はじめに……002

第一章　山の章

一　懐旧　越後駒ヶ岳（魚沼市・南魚沼市）……010
二　前兆　八海山その一（南魚沼市）……016
三　浮気男　八海山その二（南魚沼市）……021
四　なごり雪（南魚沼郡湯沢町）……025
五　山の神　苗場山（南魚沼郡湯沢町）……029
六　黒い影　妙高山（妙高市）……037
七　黒い森（東蒲原郡阿賀町）……043
八　女人禁制　金北山（佐渡市）……047

第二章　河の章

九　激励　信濃川（新潟市）……052
十　桜吹雪　加治川（新発田市）……058
十一　探し物　早出川（五泉市）……063
十二　黒くて長いもの　五十嵐川（三条市）……069
十三　亡き娘　阿賀野川（東蒲原郡阿賀町）……073
十四　トキ　国府川水系（佐渡市）……079

第三章　昔人の章

十五　遊郭（新潟市）……086
十六　渇き　ドンチ池（新潟市）……090
十七　花火（長岡市）……094
十八　狐の嫁入りその一（東蒲原郡阿賀町）……098
十九　母と子　親不知・子不知海岸（糸魚川市）……102

二十　餓鬼（中魚沼郡津南町）……107
二十一　佐渡島観光奇譚　二ツ岩大明神（佐渡市）……112

第四章　現人の章

二十二　案山子（新潟市）……118
二十三　イタリアン（新潟市）……123
二十四　賽の河原　七面大天女岩屋（新潟市）……128
二十五　狐火（新潟市）……132
二十六　愛猫　南部神社（長岡市）……136
二十七　供養　弥彦神社（西蒲原郡弥彦村）……142
二十八　狐の嫁入りその二（東蒲原郡阿賀町）……146
二十九　雪おろし（妙高市）……153
三十　蛇女　蛇淵の滝（中魚沼群津南町）……158
あとがき……162

第一章　山の章

一　懐旧

越後駒ヶ岳（魚沼市・南魚沼市）

修さんは何年ぶりかに故郷の新潟県へ帰省した。東京での会社勤めは忙しかったが、大きなプロジェクトを終えて、久々にまとまった休暇をもらうことができたのだ。

たまにはぼんやりしたいと思っていた修さんだったが、実家でのんびりするのも二日間が限度。そこで、越後駒ヶ岳に登ることにした。

魚沼市と南魚沼市にまたがる越後駒ヶ岳は、八海山、中ノ岳とともに「越後三山」と呼ばれている。修さんにとって、越後駒ヶ岳は高校の山岳部時代に何度か登っている馴染みのある山だ。日帰りも可能だが、一泊二日の、ゆっくりとした登山を楽しむことにした。

修さんは石抱橋を出発点にして、一泊する予定の駒の小屋を目指した。四時間半ほど登って、展望が開けたなだらかな稜線に出ると、そこで年配の男性登山者に出会った。いつものように「こんにちは」と声を掛けてすれ違うつもりだったが、修さんから出た言葉は「先生?」だった。

すると、すぐに男性からも「修か?」という問いが返って来た。出会った男性は修さんの高校時代の恩師だったのだ。

男性は国語の教師で、修さんの在学当時は山岳部の顧問だった。修さんは登山だけでなく、多くのことを先生から教わった。

高校を卒業して早二十年。仕事に就いてからは、同窓会にも参加していなかった修さんは、先生がすぐに自分の名前を呼んでくれたことがうれしかった。

下山してきた先生に、駒の小屋で一泊したのかどうかと尋ねると、日帰りで降りてきたという。相変わらずの健脚ぶりに、修さんは感心した。

しばらく昔話に花が咲いた。そのうち、修さんは二十年ぶりに出会った先生の顔にすぐ気付いた理由が分かった。先生はもうすぐ七十歳になるはずなのだが、五十代くらいにしか見えない若々しい容姿だったからだ。

今度一緒に飲もうと言って歩き出した先生が、すぐに振り返って修さんを見た。修さんは、何か言い忘れたことがあったのかと思って、問いかけるように先生の眼を見た。しかし、先生は片手を上げて、何でもないという風なそぶりを見せた後、登山道を下って行った。ただ、昔話をしている時は元気だった先生が、別れ際には何となく顔色が優れなかったのが気になった。

その晩は、予定通り駒の小屋に泊まった。そして翌朝、修さんは山頂へ向けて再び登り始めた。

山頂の手前でお花畑に寄り道して、山頂ではゆっくりと眺めを堪能して写真を撮った。修さんは十分に満足した後、下山することにした。

来た道を戻る行程で、半分ほど下山した辺りだった。見通しがきく道を登ってくる一人の女性登山者がいた。修さんはすぐに知った顔であることが分かった。それは、東京の大学生時代に付き合っていた留美さんだった。

修さんは、会いたくないととっさに思った。かつて修さんは、留美さんが他の男と交際していると誤解し、それが元で大喧嘩。結果、留美さんにフラれていたからだ。十六、七年前のこととはいえ、修さんには何もなかったように昔話をする勇気はなかった。

しかし、山の習慣で「こんにちは」と挨拶するのが常なのに、黙って通り過ぎるのも変だ。そんなことを考えているうちに、留美さんとの距離は縮まった。修さんがうつむき加減でいると、留美さんの方から「修さん？」と声をかけてきた。

続けて留美さんに「久しぶり」と懐かしそうに話しかけられた修さん。気さくに昔話を始めた留美さんに引き込まれ、修さんもわだかまりなく留美さんの近況を尋ねることにした。

それによると、留美さんもまだ独身で、故郷の静岡へは戻らずに東京で働いているとのこと。少し前から登山を始めたのだという。修さんが、越後駒ヶ岳はアップダウンの繰り返しで難易度は高めだと言うと、留美さんは大丈夫だと笑った。

同じ東京にいるなら、また一緒に食事でもしようと話して別れることにした。歩き始めた留美さんは、すぐに振り返って修さんを見た。見送っていた修さんは、何か言いたいことでもあるのかと、立ち止まって留美さんの言葉を待った。しかし留美さんは、何でもないというふうに軽く頭を左右に振ると、かすかに微笑んで登って行った。

懐かしい人達と立て続けに出会い、昔のことを思い出した修さんは、実家に戻るとすぐに高校時代の友達と連絡をとった。仕事に夢中で、帰省も同窓会も年賀状さえご無沙汰していたが、これを機会に一緒に酒でも飲んで、付き合いを再開したいと思ったのだ。電話に出た友達も、修さんを懐かしがって今夜さっそく飲もうと、話はまとまった。

ついでに修さんが、山岳部の顧問だった先生と越後駒ヶ岳で出会った話をすると、友達は一瞬絶句した。そして修さんは思いがけないことを聞かされることになった。先生は十年以上も前に亡くなっているというのだ。

修さんの背筋を冷たいものが走り抜けた。電話を切った後も、身動き一つできずにしばらく固まっていた。出会ったのは先生の霊だったと、考えるしかなかったからだ。

修さんは東京へ戻った。また激務の日々が待っていた。週末には疲れて家に籠《こも》ることが多くなり、留美さんに連絡をしないまま二ヵ月が過ぎてしまった。

しかし、知人や友達とご無沙汰を続けていたため、先生の死を自分だけが知らずにいたので、これではいけないと思った。

修さんは、留美さんへメールを送った。でも、返信がない。メールを繰り返し送って、何度か電話もかけてみたが、連絡はとれなかった。

修さんは留美さんが心配になった。嫌な予感めいたものがあって、大学時代の共通の友達に電話をして、留美さんのことを尋ねた。すると友達は、留美さんが三ヵ月も前から行方不明だと言い出した。

それを聞いた修さんは、二ヵ月前に越後駒ヶ岳で偶然出会ったことを友達に話した。だが、話しながら修さんは、なぜか留美さんがもう亡くなっているような気がしていた。

そして、友達に別れを告げ、電話を切ろうとした瞬間、留美さんが亡くなっていると思った理由に気付いて、思わず「あっ！」と声を上げた。

先生も留美さんも、別れ際にもう一言何か言いたそうにしていた様子が、そっくりだったからだ。二人の様子を見て、修さんは後ろ髪を引かれる思いだった。

修さんは数秒間黙り込んでいた。すると、電話の向こうにいる友達から、何か言いたいことでもあるのかと問う声が聞こえてきた。

修さんは自分の気のせいであることを祈って「何でもない……」と言って、電話を切った。

二　前兆

八海山その一（南魚沼市）

南魚沼市の旧六日町と旧大和町の境にそびえる八海山は、日本二百名山の一つ。越後駒ヶ岳、中ノ岳とともに越後三山の一峰であり、古くから山岳信仰の山として崇められてきた。

夏に、八海山に登ったことがある千葉県在住の和也さん。今度は冬山にチャレンジしたいと考えていた。

和也さんは登山経験が長い。仲間との登山も良いが、どちらかというと単独行をしたいと思っていた。ルートを考えたり、もしもの場合を想定して準備をしたり、全ての責任を自分で背負わなくてはいけないない緊張感が好きだった。

自営業である和也さんの仕事は、繁忙期を過ぎて一段落している。予報では天気も安定しているとのこと。準備は万端なので、翌日にも出かけることができた。

ただ一つ問題なのは、昨年結婚したことだった。事故や遭難を心配した妻から「登山はやめて欲しい」と何度もお願いされていたのだ。しかし、和也さんは「これで最後にするつもりだから」と説得して、出かけることにした。

八海山は青空も空気も清々しく、気持ちが良かった。

和也さんはテントに一泊して頂上を目指す計画を立てていた。その日は早めにテントを張って、夕食と雪山の静かな夜を楽しんだ。

シュラフ（寝袋）にすっぽり包まれ、うとうとしている時だった。外張りをつけた冬用のテントの生地を、外からズーッとこするような音がした。

一度ではない。繰り返し繰り返し、その音が聞こえてくる。爪でひっかくような音なので、野生動物かと不安になったが、音以外に気配はない。まるで和也さんを眠らせないように、誰かが音を立てているような気がした。

しばらくすると奇妙な音は止んだ。だが、今度は外から女のすすり泣くような声が聞こえてきた。和也さんもこれには驚いて、「誰かいるのか?」と声を上げた。しかし、返事はない。

和也さんは、体温が下がるのを覚悟でシュラフを抜け出した。登山者が助けを求めているのかもしれないと思ったのだ。

テントの周辺をランタンの灯りで見て回ったが、人の姿はなかった。

和也さんは、空耳か何かの音を聞き間違えたのだろうと考えて、再びシュラフに潜り込んだ。すると間もなく、今度は赤ん坊が泣くような声がしてきたのだ。

和也さんはもう一度見に行くかどうか迷った。山では説明のつかない不思議なことが起こるものだと聞く。遠くで泣いている声が、何かの理由でここまで届いているのかもしれない。

そのうち、赤ん坊の泣き声は消えていった。だが、和也さんはすっかり目が覚めてしまった。

明け方、ようやく和也さんは眠くなってきた。そのせいで起床が遅れ、予定より遅い出発になった。

予定していたルートを登り始めると、すでに日が高くなっていて、雪面からの日光の反射がきつい。

前方の登り斜面を見ると、登山者が見えた。どうやらその登山者も単独行のようだ。

突然、和也さんの耳に赤ん坊の泣き声が聞こえてきた。和也さんは驚いて立ち止まった。前を行く登山者に目を凝らしてみると、背負っていたのはリュックではなく、ベビーキャリーだった。

和也さんは呆然とした。すると、登山者は後ろを振り返り、じっと和也さんを見つめた。登山者は女だった。しかも、見た目は和也さんの妻に似ていて、さめざめと泣いていた。

その時、女の後ろに動くものが見えた。和也さんは直ぐに雪崩だと気付いた。

このままでは、雪崩に飲み込まれてしまう。和也さんがそう思った瞬間、女の姿は見えなくなってしまった。雪崩に巻き込まれたのではない。姿を消してしまったのだ。

和也さんは逃げ遅れてしまった。だが、幸い規模の小さな雪崩だったため、巻き込まれずに済んだ。

和也さんは登頂を諦め、急いで下山した。妻に似た女が現れたため、妻の身に何か異変があったのではないかと感じたのだ。

しかし、凶事ではなく吉事だった。妻は妊娠していたのだ。
その年の秋、和也さんの腕にはかわいい我が子がいた。今、和也さんは家族みんなで楽しめる趣味を持ちたい……と考えている。

三　浮気男　八海山その二（南魚沼市）

大阪府在住の会社員・香織さんには、大学時代から付き合っている彼氏がいた。しかし、彼氏はよりにもよって香織さんの女友達である綾乃さんと浮気をしてしまった。友達といっても、綾乃さんは常に香織さんをライバル視しており、何かにつけ張り合ってきて自分の方が上だとアピールしてくる。香織さんにとっては疲れる存在だった。

香織さんはどうしても彼氏のことを許すことができずに別れた。そして、失恋の痛手を癒そうと旅に出ることにした。

行き先は新潟だ。米どころの新潟は地酒が美味しい。酒豪である香織さんは、飲んで飲んで飲みまくって心の苦しみを和らげようと考えたのだ。

新潟の南魚沼市に向かった香織さん。南魚沼市は有名な地酒である「八海山」誕生の地だ。

香織さんはお酒の味を心ゆくまで堪能した。

香織さんは毎晩飲み歩くうちに（新潟の男は真面目でええなぁ。こっちに移住しようかぁ）などと新たな恋をしたいと思えるぐらい気持ちも回復した。そして、せっかく新潟に来たのだから観光もしようと考えた。

滞在しているホテルの従業員にお勧めスポットを聞くと、霊峰「八海山」を教えられた。八海山の山頂部である八ツ峰は鎖場や梯子が多く、初心者が登るにはかなりハードである。しかし、四合目付近まではロープウェーで気軽に行くことができるため、観光気分で楽しめるのだ。

香織さんは展望台に立ち、日本海から佐渡島まで広がる眺望を楽しんだ。

そろそろホテルに帰ろうと、香織さんがロープウェー乗り場まで歩いている時、自分好みなタイプの山男の姿を見つけた。たくましい体型に精悍な顔つき。香織さんはドキドキしてしまった。

香織さんと山男の目が合った。その瞬間、香織さんは急に身体が重くなって、立っているのもやっとになった。

（二日酔いで、体が弱ってんのかな?）などと香織さんは気楽に考えていた。しかし、一向に身体は回復しない。大阪に戻ってからも体調不良が続き、会社も休みがちになった。

ある朝、香織さんが鏡を見ていると、自分の肩越しに八海山で見かけた山男の顔が映っているのに気付いた。

香織さんは悲鳴を上げた。そして、まじまじともう一度鏡を見つめた。しかし、そこにはもう山男の顔はなかった。

香織さんは考えた。もしかしたら山男は山で遭難して未練を残している霊で、自分に憑いたのかもしれない。香織さんは体調不良の理由が分かったと思った。

どこか霊を御祓《おはら》いしてもらえるところはないだろうかと、香織さんはスマホで探し始めた。

その時、インターフォンが鳴った。相手は綾乃さんだった。香織さんのお見舞いに来たという。綾乃さんは、香織さんの元彼氏と浮気したことがばれていると知らなかった。

香織さんは（心配したふりを装っているだけやろ。ほんまは、失恋して傷ついたうちを嘲《あざけ》りに来ただけとちゃうか？）と思った。

香織さんは綾乃さんをきつく睨んだ。その瞬間、肩がすっと軽くなった。同時に綾乃さんの顔色が急に悪くなった。

香織さんは、山男の霊が自分から綾乃さんに移り憑いたと感じた。

その予感は当たった。その日から香織さんの体力はみるみるうちに回復。一方の綾乃さんは体調不良で、現在は床に伏せりがちだという。

除霊ができて、彼氏を奪われた復讐もできて、さぞかし満足しているだろうと思いきや、香織さんは「彼氏だけやなく、山男の霊も綾乃に取られるやなんて！　めっちゃ悔しぃ！」と怒りをにじませていた。

四　なごり雪（南魚沼郡湯沢町）

なごり雪が舞う夜のことだった。

よしみさんは、ちらほら降る雪の中を歩いていた。

親友の結婚式と、その後の二次会で飲んだので、酔い覚ましのためにのんびり歩いて帰ろうと思ったからだ。独身のよしみさんにとって、親友の結婚はうれしい反面、少し寂しい思いもあった。

すると後ろから足音が聞こえてきた。足音はじょじょによしみさんへ近づいてくる。ちらっと振り返ると、登山の格好をした若い男性のようだった。

よしみさんは歩き続けた。だが、男性との距離が縮まって来ると、おかしなことに気が付いた。男性の足音が、まるで真冬に雪道を踏みしめた時に鳴るような「ムギュッ、ムギユッ」というものだったのだ。

だが、そんな音を立てる登山靴を履いているのだろうと考えることにして、よしみさんは歩く速度を上げて離れようとした。

ところが、男性も早歩きでよしみさんに近づいてきた。よしみさんは、その男性に後をつけられているような気になって、恐ろしさを感じ始めた。

よしみさんは、いっそのこと、男性に追い越してもらった方が安心できると思い、今度は歩く速度を落とした。

すると、男性が「よしえさん？」と呼びかけてきた。

よしみさんは「えっ？」と立ち止まった。微妙に名前は違うし、人違いをしているのだろうと思ったが、男性の方を振り返った。

男性はよしみさんの顔を見て、すぐに人違いだと分かったようで、謝ってきたそうだ。

そして、よしみさんが目当ての女性でなかったことに落胆した様子で「縦走（山歩き）した帰りにこの町に住むフィアンセに会う約束だったのに、会えない」と話してくれた。

よしみさんが言うには、男性は昔ながらの山男風で、下山したばかりのように汚れていたが、ガッチリした体つきと端正な顔立ちをしていて、思わず見とれてしまったそうだ。

男性は一言謝ると、先へ歩いて行った。その時、男性は「なごり雪なら、山もじき春になるから、今年は見つかるかな」と独り言を呟いたという。

よしみさんはしばらく男性の後姿を目で追っていた。男性の背負っていた登山リュックが古めかしい感じだったので、印象に残った。

遠ざかる男性の背中から足元に目を落とした時だった。よしみさんは、思わず息を飲んだ。

雪を踏みしめるような音はしているのに、膝から下が薄ぼんやりとしており、脛から下が見えなくなっていたのだ。

よしみさんは、恐ろしさでその場に座り込んで動けなくなってしまった。

しばらくして、よしみさんは携帯電話で家族を呼び出して、迎えに来てもらったという。家族は悪酔いしたせいだといって、よしみさんの話を信じてくれなかったそうだ。

しかし、よしみさんは、あの男は山で亡くなった男性の霊だと思っているという。山で遭難したまま発見されず、フィアンセへの思いを抱えたまま、さ迷っているのかもしれない、と。

男性が発した「縦走」という言葉から、よしみさんは谷川連峰で遭難したのではないかと考えているようだ。

確かに、新潟県と群馬県の県境にそびえ立つ谷川岳は、遭難死亡事故件数が多い山として知られている。遭難したまま見つからず、雪解け後や年月を経てからやっと発見される遺体もあるそうだ。

谷川岳を含む谷川連峰を縦走し、西端の平標山の登山口から湯沢町まで来るには、バスで三十分以上かかる。その距離をたどってフィアンセに会いに行く男性の霊に、よしみさんは愛情の深さを感じると語った。

五

山の神

苗場山（南魚沼郡湯沢町）

悦子さん浩さん夫婦は、共働きで子どもはいない。二人揃って定年退職した後は、長年住んでいた埼玉を離れ、湯沢町に移住した。湯沢町には夫の浩さんが受け継いだ実家があったからだ。

新潟県はお米もお酒も美味しい。おまけに、若い頃はスキーが大好きだった悦子さんは、移住することに異存はなく、新しい生活を楽しんでいた。

移住して一年目の初夏のことだった。登山が趣味である東京の友人が「遊びに行きたい」と言い出した。目的は、山頂の湿原が見どころの苗場山だ。

悦子さんは登山の経験はほとんどなかったが、友人から「登山と言っても湿原の植物や野鳥を観察しながら、のんびりと歩くことができるから一緒に行こう」と誘われ、その気になった。

悦子さんは、東京の友人を案内するためにも、少し下見をしておきたいと思った。ただ、そんなふうに思い付いたのが、浩さんと買い物に出かけた帰り道のこと。だから、登山の準備などしていなかった。しかし、山頂まで登るつもりはなく、行けるところまで行って、雰囲気だけでも分かれば良いと思った。なので、あまり注意していなかった。

その日の悦子さんの服装はカーディガンにパンツ。歩きやすいが、ごく普通のローヒールシューズだった。一方、浩さんはウィンドブレーカーにウォーキングシューズ。悦子さんよりはいくらかマシな格好だったかもしれない。

苗場山林道を登山口まで行って、駐車場に自動車を停めた。登山口では、登山届を書いてポストに入れなくてはいけないという浩さんの言葉を、「初心者のおばさんが、ちょっと様子を見に来ただけだから必要ないでしょう」と、悦子さんは笑って相手にしなかったそうだ。

二人は駐車場から登山道の起点となる和田小屋まで、三十分ほど歩いた。和田小屋からはスキー場の脇を登って登山道に入り、神楽ヶ峰を目指す。登山道は、ぬかるみに木道が設置されていて歩きやすい。だが初夏なのに、まだ雪の残っているところが随分あった。木道のないところは、さすがにローヒールシューズでは歩きづらいと思ったが、悦子さんはもう少し先まで行けるだろうと、なかなか引き返す気持ちにはならなかった。元々悦子さんは体を動かすことが好きだった。標高が上がってくるにつれ変化する植物や野鳥の声も楽しかった。

平らな山頂と湿原が特徴の苗場山は、山頂にある高層湿原が一番の見どころだという。「日本百名山」の一つでもあり人気の高い山で、新潟県と長野県の県境にあるため、長野県側からの登山コースもある。

しかし、この日は登山客とは誰にも会わなかったそうだ。山の天気は変わりやすいのに加え、下り坂傾向の天気予報が出ていたからかもしれない。

二人は一時間近く登った。浩さんの「もういい加減に引き返さないか？　天気も変わりそうだ」という言葉に、悦子さんは立ち止まると視線を空に向けた。

すると、先ほどとは打って変わって上空は雲で覆われていた。ふと登山道の先を見上げると、濃い霧がもやもやと、まるで登山道に沿って下山して来るように迫ってきた。

あっという間に辺りは霧がかかった。

悦子さんは慌てた。スキーの経験は豊富なので山の天気には慣れているつもりだったが、あまりに突然のことで思わず浩さんに呼びかけた。たしか浩さんは悦子さんより数メートル下にいたはず。方向さえ見失いそうな白い空間なので、声を大きくして何度か呼んだが、答えは返ってこなかった。

悦子さんはいよいよ不安になって、とにかく山を下る方向に歩くことにした。浩さんは辺りが霧に包まれるのを見て、おそらく先に下り始めたのだろうと、自分に言い聞かせながら。

足元さえ見えないほどの濃霧の中、木道を踏み外さないようにそろそろと進んだ。少しずつでも進みながら浩さんを呼んでみるが、相変わらず返事はない。

悦子さんは、辺りの気温の低下と不安のせいで、震えが止まらないほど寒くなってきた。

カーディガンのみという軽装を、悦子さんは後悔した。同時に、ウィンドブレーカーを着ていた浩さんを恨めしく思ったり、声が届かないほど先へ下山してしまったなんて薄情だと、怒りが込み上げてきたそうだ。

そうしている間に、悦子さんを取り巻いていた真っ白な霧が薄くなり、辺りの景色がおぼろげに見えてきた。

しかし、天気は一段と悪化していた。濃霧が晴れても、空には低く雲が垂れ込めて、寒さも増して、風も強くなっていた。

寒いのは当然で、空から落ちているのは雨かと思っていたら、雪だったのだ。

悦子さんが、初夏の雪に戸惑って立ち止まっていると、登山道の下の方に浩さんの姿が微かに見えた。悦子さんはホッとして歩幅を広げた。

だが、急ごうにも、すぐには浩さんに追いつけなかったそうだ。なぜなら、雪も風も激しくなり、もはや吹雪の中を歩いている状態だったからだ。

やっと浩さんに声が届くところまで近づくと、浩さんも悦子さんを心配して、大声で名前を呼んでいた。

悦子さんは吹雪で見えづらくなった浩さんの姿を、見失わないようにしながら近づいたが、五メートルほど手前で足を止めた。そして、悦子さんは恐怖の表情で浩さんの方を見た。浩さんのすぐ後ろに、白髪で白い衣装を着た女性の姿が見えたのだ。

女性は、浩さんの後ろから両肩に手を添えて、宙に浮かんでいた。しかし、浩さんはそれを一向に気に掛けていないようだ。

それよりも、恐怖に目を見開いた悦子さんの顔を見て、浩さんが駆け寄ってきた。浩さんが女を背負ったまま走って来たので、悦子さんは悲鳴を上げて逃げようとした。浩さんにしてみれば、自分を見て恐怖の表情で逃げる悦子さんに、さぞ驚いたことだろう。「いったいどうしたんだ!?」と叫ぶ浩さんに、悦子さんは抱き止められた。

悦子さんは恐ろしさから暴れて逃れようとしながら、浩さんの肩の上を見ると、その時にはもう女性の姿はなかった。

心配そうな浩さんの声により、悦子さんはやっと落ち着きを取り戻した。そして、視界が真っ白になるような吹雪のせいで、何かを見間違えたのかもしれないと思った。

いつの間にか激しかった吹雪も、もう止んでいた。

しかし、悦子さんの震えは収まらなかった。

悦子さんは、浩さんのウィンドブレーカーに包まれ、肩を抱きかかえられながら自動車まで戻ったそうだ。

自動車が走り出して体が温まってくると、悦子さんは眠りに落ちた。目が覚めたのは翌朝で、自宅の布団の中だった。

少し熱があるようだと思った悦子さんは、浩さんに「昨日の吹雪で風邪を引いたみたい」と言うと、浩さんは「夢でも見たんだろう。昨日は雪どころか、雨も降らなかった」と笑った。

悦子さんは、恐る恐る昨日見た白い女性のようなモノのことを語ると、浩さんは夢に違いないと相手にしてくれなかったそうだ。

一ヵ月後、悦子さんのもとに登山好きの友人が来て、「山の神には諸説あるんだけど……」と前置きして、こんな話をしてくれた。

山の神には女の神もいれば、男の神もいる。容姿があまり良いとは言えない女の山の神は、女性が山に入ることを嫌がるのだという。

それを聞いた悦子さんは、もしもあれが女の神だったら、登山届も出さず、軽装で気軽に行ったことで、山を侮辱していると思われたのかもしれない。だから、女性である自分だけが寒く恐ろしい目に遭わされたのだろうかと考えたそうだ。

六

黒い影　妙高山（妙高市）

数年前の初夏、豊さんが友人と一緒に妙高山へ登った時の出来事だ。

二人は妙高市燕温泉側から山頂を目指すことにした。

登山口には「黄金の湯」という無料の露天風呂があった。温泉が大好きな豊さんはさっそく黄金の湯を覗いてみることにした。白く濁った湯は温泉成分が多く見え、いかにも効能がありそうだ。

七月の山開き前の平日なので登山客は少ないのだろうか、露天風呂に人の姿はなかった。

豊さんは、帰りには必ずこの風呂で手足を伸ばして、ゆっくり浸かろうと思ったそうだ。

冬は豪雪地帯となる妙高山は、八月でさえ雪渓が残る場所もある。ブナの林や急な傾斜の道もあり、日帰りの登山でも様々な風景を目にすることができる。

豊さんと友人は、景色や花を眺めながら、のんびりとした登山を楽しんだ。

険しい岩場を抜けて山頂を目指す尾根道を進むと、途中に「光善寺池」があった。

その池は噴火によってできた穴に水が溜まって池となったそうで、鉄分が酸化して赤く見える。

水面には楕円形の白い風船のようなものが、ところどころに集まって浮いていた。クロサンショウウオという両生類の卵だ。

カメラが趣味の友人は「珍しい」と喜んだが、池には近づいてはいけないことになっている。そこで、登山道から望遠レンズを覗いてクロサンショウウオとその卵の写真を撮ることにした。

しかし、豊さんは池に背を向けていた。トカゲやヤモリに似た類は苦手。卵が浮いている池にも全く興味はなかったのだ。

豊さんが立ったまま水分補給をしていると、足元で黒いものが動いた気がした。ふと見ると、登山靴に十センチくらいのクロサンショウウオが這い上がっていた。豊さんは驚いた。

豊さんは足を振り回してクロサンショウウオを払い落とした。そして、振り上げた足を地面に降ろした。しかし、そこは運悪く落ちたクロサンショウウオの真上だった。小さな生き物は、あえなく豊さんの足の下で絶命してしまった。

友人はそばに来て「可哀想なことをした」と手を合わせていたが、豊さんは後味の悪い思いがして、そそくさとその場を離れたそうだ。


二人は山頂に到着した。残念ながら見渡す景色には雲がかかり、周辺の山々も微かしか見えなかった。

友人は少し降りたところで辺りの景色を撮影したいというので、豊さんはそう広くない山頂の岩に腰かけて少し休むことにした。

すると忙しかった仕事の疲れが出たのか、豊さんは無性に眠くなって、うとうとしてしまった。そして、奇妙な夢を見た。

夢の中で豊さんは妙高山を一人で下山していた。麓が近づくと道の真ん中に一人の女性が立っている。その女性は、肌の色が浅黒く黒い着物を着ていた。黒い帯の辺りから黒く長い前掛けを着けていて、豊さんに向かって頭を下げると、「お疲れさまでございました。お風呂をどうぞ」と言った。

その女性が手で示す方向を見ると、見覚えのある露天風呂があった。今日登山口で見た「黄金の湯」だ。

豊さんは、その露天風呂をどこかの旅館が管理していて、女性はその旅館の仲居さんだろうと思った。軽く会釈をして、豊さんは早速露天風呂に浸かることにした。そして、脱衣所で服を脱ごうとしたところで目が覚めた。

夢から現実に戻ると、辺りは薄暗くなっていた。豊さんは、山頂で居眠りしていたことに驚いた。すぐに友人を探したが、姿がない。さては撮影に夢中で豊さんを忘れて行ったかと思い、急いで下山を始めた。

登って来た道を下りる行程なので、見覚えのある尾根道、傾斜のきつい下り、そして雪渓を、注意しながらどんどん歩いていった。だが、友人には追いつけない。まさか、道に迷ったり滑落事故に遭ったりしてはいないだろうなと考えていると、また先ほどとよく似た急傾斜に出た。豊さんは不思議に思ったが、とにかく先を急ぐことにした。

その時、ふと背後に人の気配を感じて振り返ると、遠くに黒い服装の人影があった。友人ではなく、他の登山者のようだった。

それから時々振り返って見ると、いつも一定の間隔を置いてついて来るかのように、その人影はあった。辺りが薄暗いせいか、どんな人物かはっきりとは分からない。だが、振り返ると向こうも立ち止まるので、理由が分からず気味が悪かった。

下り続けても友人には会えず、また、つい先ほど見た覚えがある花が咲いている場所に出た。そこでいよいよおかしいと豊さんは思った。道に迷い、同じところを回っているのだろうかと。

迷っているなら、後ろにいる人影も道が分からず自分について来ているのだろうかと思い振り返ると、一定間隔離れていた人影が笑ったように見えた。薄暗いところにいる人影は、表情はもちろん顔も分からないのに、肩を震わせて笑ったように思えたのだ。

豊さんは迷っているかもしれないという今の状況以上に、付いてくる人影が恐ろしくなり、逃げるように先を急いだ。

曲がりくねった道を抜けると、そこは麓に近い場所だった。豊さんはほっとした。先を見ると、入りたいと思っていた露天風呂の入り口がある。振り返ると気味の悪い人影は、全く見えなくなっていた。

豊さんは安心すると、無性に露天風呂で温まりたくなった。初夏とはいえ高山で日も陰っていたし、不安と恐ろしさもあって体が冷えてしまったのだ。服を脱いで薄い乳白色のお湯に浸かると、体の芯から温まってくる。手足を伸ばして「う～ん」とため息をつくと、大事なことを思い出した。「友人はどこへ行ったのだろう……」と。

するとその時、自分の名を呼ぶ声が聞こえた。何度も呼ぶ声は次第に大きく聞こえてきた。「おい、何やってんだ、裸で?」と、叫ぶ友人の声に豊さんは夢から覚めたようにハッとして辺りを見回した。

豊さんが露天風呂に浸かっていると思ったところには何もなかった。豊さんは驚きでしばらく呆然としていたが、友人に促《うなが》され、急いで服を着た。

ふと豊さんの視界に、さきほどの黒い服装の人影が入ってきた。豊さんには、その人影が足で踏みつぶしたクロサンショウウオと何か関係しているように思えた。

七

黒い森（東蒲原郡阿賀町）

卓也さんは会社の夏休みを利用して、奥さんの故郷である阿賀町へ出かけた。生まれも育ちも東京の卓也さんは、自然あふれる田舎でのんびり過ごすことができると喜んでいたのだが……。

ある日、お義父さんの運転で奥さんとお義母さんは、入院した親戚の見舞いに出かけていった。

家には、卓也さんとお祖父さんが残された。卓也さんはインターネットサイトの噂で知った心霊スポット「黒い森」の存在をお祖父さんに聞いてみることにした。

どうやらここからそう遠くないところにあるらしいのだ。しかし、お祖父さんはそんな森の存在は知らないという。

それでも卓也さんは黒い森を探しに行くことにした。黒い森という言葉に何か大きな秘密が隠されているような気がして、妙に惹かれてしまったのだ。

インターネットに書き込まれていた情報を頼りに、林道を走り、「ここかも」と思うところに自動車を停めて、卓也さんは森へ入っていった。

夏の昼下がり。雲ひとつない晴天だ。獣道をまっすぐ歩くだけだし、何か異変があれば、すぐに引き返せばいい。卓也さんはちょっとしたピクニック気分だった。

しかし、突然、卓也さんはめまいと吐き気に襲われて、立っていられなくなり、座り込んでしまった。今までこんなことはなかった。

その場で体を丸くしてしゃがみ込んでいると、次第に体調も良くなってきた。家に戻って、ゆっくりと休もう。そう思って、卓也さんは腰を上げた。すると、なぜか周りの様子がさっきまでと違うことに気が付いた。

辺りはいつの間にか薄暗くなっていたのだ。いや、それだけではなく、さっきまで歩いていた獣道も消え、四方どちらを向いても草が生い茂っている。自動車を停めたのがどちらの方向だったのか分からない。適当に歩いてみるしかないかと思ったが、反対方向だったら森の奥深くへ入り込んでしまう。

どうしたものかと卓也さんが途方に暮れていると、前方の木のそばに黒い人影が見えた。卓也さんは誰かがいて、その人の影が映っているのだと思った。ほっとして、県道の方向を尋ねようと近づいたが誰もいない。しかし、黒い人影はある。しかも、地面でゆらゆらと動いている。

これは人の影ではない。人の形をした黒い物体だ。

卓也さんは恐ろしくなって黒い物体とは反対の方向へ走って逃げた。すると、地面に這いつくばっていた黒い物体が起き上がり、卓也さんを追ってきた。卓也さんは、なんとか逃げようと一心不乱に走った。

しかし、途中、また卓也さんはめまいと吐き気に襲われ、その場にしゃがみ込んでしまった。

後から卓也さんが奥さんから聞かされた話によると……。

夕方になって奥さんと両親が家に戻った。だが、卓也さんの姿がなかった。お祖父さんに聞くと、森のことを聞いていたから、一人で出かけて道に迷ったのかもしれないという。辺りが薄暗くなってきたので、親戚の男性にも頼んで卓也さんを探しに行くことにした。道端に停められていた卓也さんの自動車を見つけたので、森の中に入っていった。皆、こんな時間まで帰らないということは、森の奥深くへ入って迷ったのかもしれないと思っていた。

ところが、獣道を歩いて一分もしないところに、卓也さんが頭を抱えて屈《かが》んでいたという。

卓也さんは黒い人の形をした奇妙な物体に追いかけられ、逃げ回っていたのだと奥さんに打ち明けた。しかし、奥さんは「狐にでも化かされたんじゃないの」と笑って、取り合ってくれなかった。

八　女人禁制

金北山（佐渡市）

ある年の四月中旬のことだった。成美さんは佐渡島の金北山へ花を楽しむためのトレッキング（山歩き）に出掛けた。

金北山は佐渡島で一番高い山。かつては信仰の霊山で、女人禁制だったという。また、豊富な種類の花を見ることができる山としても知られている。成美さんは花の写真を撮って、ブログに載せたいと考えていた。

一人での登山はいつものことで、金北山の下調べも完璧だった。

春の登山道を歩き始めると、カタクリやオオミスミソウ、ユキワリソウと、可愛らしい花々があちこちに咲き乱れ、踏みつけないように気を付けて歩かなくてはならないほどだった。成美さんは、花ごとに工夫してベストショットの撮影をしながら進んだ。

たくさんの花を見ることができて、今は金北山が女人禁制でなくて良かったと成美さんはしみじみ思った。

写真を撮っていると、後から登って来た男性に出会った。たいていはすれ違いざまに、「こんにちは」と挨拶するだけなのだが、男性は立ち止まった。なので、二言三言言葉を交わすことになった。

成美さんは先に歩き出したが、次に撮影のために立ち止まったら、男性は自分を追い越して行くだろうと思った。だが、なぜか男性はゆっくりと後ろを歩いてくる。成美さんが写真を撮り始めると、立ち止まって成美さんの様子を見ているようだった。

一人で登山をしていると、時々しつこく話しかけてくる男性に出会うことがあった。成美さんは、今度もまたそうかもしれないと嫌な気分になった。自分のペースで登山を楽しみたいので、道連れはいらないのだ。

その後も、男性は少し距離を置いて、後からゆっくり登って来るので、成美さんは男性が怖くなってきた。

もう十分写真は撮れたし、登頂にこだわらず、引き返した方が良いかもしれないと思った時だった。成美さんより数メートルほど後ろを歩いていた男性が、何かにつまずいたように転んでしまった。

男性は立ち上がって歩き出そうとしたが、すぐにまた転んだ。成美さんは気の毒にと思ったものの、コントでも見ているような気がして、ちょっと笑ってしまった。

それにしても、何もないところだったはずなのに、なぜ転んだのかと不思議に思った。男性はまた立ち上がると、今度は前から衝撃を受けたように、後ろへまともに倒れ込んだ。成美さんも、さすがにケガをしたかと心配になって、男性に歩み寄った。すると、やっと起き上がった男性は、成美さんがいる方向に何かを見て、驚きの表情になると、叫び声を上げた。成美さんもその男性の声に驚いて立ち止まり、身を硬くした。

男性は這って逃げるようにしながら、やっとの思いで立ち上がると、そのまま下山する方向へ走り出した。

その時、成美さんには逃げる男性の後ろに人の姿が見えた。突然現れたその人は、和服を着た、やや腰の曲がったお婆さんだった。

お婆さんは見掛けによらぬ力強さで、男性のお尻を後ろから蹴り飛ばしたのだ。

成美さんが驚いて目を見張るのと、男性が前のめりに転ぶのと、蹴り飛ばした弾みでお婆さんの姿が消えたのが、ほとんど同時だった。

男性は立ち上がって、後ろを振り返りつつ走って逃げて行った。

成美さんは、不思議な光景を見てしばらく呆然としていた。そして、女人禁制の山に登ったお婆さんを、神様が蹴落としたという伝承を思い出した。

伝承で語られるお婆さんが、どんな理由があって金北山に登りたかったのか分からない。それが、女人禁制の山だからと言って、神様に蹴落とされてしまうなんて、さぞかし悔しかっただろう。

そして（女性も自由に山に登れるようになった今、神様に仕返しはできないが、腹いせに迷惑な男性を蹴飛ばしてくれたのかもしれない）などと成美さんは考えた。

だが、まさかそんなことがあるはずはない。何かの見間違いだろうと思って、成美さんは気を取り直して、金北山の山頂を目指して登って行った。

第二章　河の章

九　激励　信濃川（新潟市）

美咲さんは、夫と保育園に通う娘の三人で新潟市に暮らしている。美咲さん自身は東京の生まれで、結婚を機に夫の故郷である新潟市に移り住んだそうだ。

美咲さんの夢はイラストレーターになること。独身の頃はアルバイトをしながら、東京の出版社や編集部プロダクションに、しばしば売り込みに行ったものだった。

そのため、結婚して地方へ移り住むことには随分迷いもあった。しかし、今の時代、東京にいなくても、インターネットを使えば、売り込みも仕事もできるはずと自分に言い聞かせた。

また、新潟は有名漫画家を数多く輩出している地域。そのため、この地には何かインスピレーションをかき立てるものがあるかもしれないという期待もあった。

しかし、一向に芽が出ない。やはり自分には才能はないのかと、美咲さんが諦めそうになっている頃のことだった。

美咲さんが娘を保育園に送った帰り、信濃川にかかる橋の上を歩いていると、川から木が流れてきた。その流木の上には何かがいる。鳥でも止まっているのだろうかと見ていると、どうやら人形のようだ。和服姿で白い髭を蓄えた老人の姿なので、最初は誰かに捨てられた雛人形の左大臣ではないかと思った。

ところが、それは人形ではなかった。

橋に近づいてくると、突然、雛人形サイズの老人は美咲さんのほうを見上げて、拳を振り上げて怒鳴り始めた。何を言っているのか分からない。

驚いた美咲さんは、通りがかった女性を呼び止めて知らせるが、「どこにも人など見えない」と言って去ってしまった。そんなはずはないと、もう一度川を覗いたが、流木の上には何もなかった。

美咲さんは、遅くまでイラストを描いていて、寝不足のために幻覚でも見たのだろうと思うことにした。

自宅に帰ってパソコンの前に座ったが、描く気になれない。気晴らしにインターネットで買い物をすることにした。

すると、突然、描画ソフトが起動した。間違えてクリックしたのかと思って閉じたが、少しするとまた起動する。ウィルスにでも感染したかと思い、調べてみても、そんなことはなかった。

その日以来、描く気がない時や、描くのに疲れて投げ出そうとした時などに、勝手に描画ソフトが起動することが何度もあった。美咲さんは、まるで「もっと描け」とパソコンに叱られているような気がした。


ある日、東京の編集プロダクションから美咲さんに電話があった。実は、数週間前、イラストの仕事をお願いするかもしれないという電話を受けていたのだ。美咲さんは期待して受話器をとった。

ところが、今回は別のイラストレーターを使うことになったという断りの連絡だった。美咲さんはがっかりして、やはり自分には才能がないのだと思い、もうイラストを描くのは止めようと考えたという。

ちょうどその時、またしても勝手にパソコンの描画ソフトが起動したのだ。

気持ちを逆なでされたように感じた美咲さんは、怒りのあまり、描画ソフトをアンインストールしようとした。しかし、なぜかうまくいかない。

そこで、今度は机の上にあったペンや絵の具などを小脇に抱え、捨てるために部屋を出ようとした。

しかし、ドアのところで何かに衝突し、後ろへ跳ね返されて尻餅をついた。美咲さんが驚いて見上げると、巨大な和服姿の老人が立っていた。声は聞こえないが、何か怒鳴っているようだった。拳を振り上げる老人の姿は天井まで届いていて、威圧感があって恐ろしい。だが、その姿はどこかで見たような気がした。

美咲さんは川で見た雛人形サイズの老人を思い出して、あっと息を飲んだ。と同時に、老人の姿は足元から徐々に消えていった。

美咲さんはイラストの仕事がうまくいかず、焦りの気持ちから幻を見たのかもしれないと思った。ちょうど東京で同窓会がある。娘を夫に託して、気分転換に東京へ行くことにした。

同窓会の前日、実家へ着くとお母さんが古い荷物を整理していた。懐かしい物や見たこともない物もあり、一つずつ手に取って見ていたら、何枚かの絵が出てきた。墨で山や川、里の風景などを描いたもので、味わい深いそれらの絵に美咲さんはすっかり魅せられてしまった。

美咲さんがお母さんに誰が描いた絵なのかと尋ねた。すると、お母さんから「あなたの曾お祖父さんが趣味で描いたものよ」という答えが返ってきた。絵の隅には「千曲」という落款《らっかん》が押されている。それは曾お祖父さんの雅号で、故郷に流れる千曲川にちなんでいるという。

そして、「親戚の中で絵心があったのは、曾お祖父さんとあなたぐらいよ」と笑いながら、曾お祖父さんの写真を美咲さんに見せてくれた。それを見た美咲さんは驚いた。信濃川と自分の部屋に現れた老人にそっくりだったからだ。

美咲さんは、曾お祖父さんはイラストレーターになろうとしている自分を励ますために現れたのかもしれないと思った。

美咲さんはもっと曾お祖父さんのことが知りたいと思って、「千曲川ってどこに流れているの?」とお母さんに聞いた。美咲さんは先祖が千曲川近くの出身であることも、千曲川がどこを流れているのかも知らなかったのだ。

するとお母さんは、新潟市にも流れているという。千曲川と信濃川は同じ川。長野県を流れる千曲川が新潟県に入ると、信濃川と呼ぶのだそうだ。

十

桜吹雪

加治川（新発田市）

東京の会社で働く弥生さんは、新潟県下越地方の新発田市出身だ。新発田市と言えば、加治川堤の桜並木が有名で、春になると毎年約二千本もの桜の木が美しい花を咲かせる。

そもそも加治川堤の桜並木は、大正天皇の即位を記念して約六千本もの桜の木が植えられたことが始まりで、完成当時は日本一とも世界一とも称される桜の名所だったという。ところが、昭和四十一年と翌四十二年、立て続けに大きな水害が発生。河川を改修せざるを得なくなり、その際、桜が伐採されてしまったそうだ。

しかし、多くの人達から復元の声が上がったおかげで、桜並木が復活したのだ。

そんな桜の名所がある土地から上京してきた弥生さん。東京でもお花見に誘われるが、実は桜が怖いのだという。なぜそう感じるのか、その理由を不思議な思い出と共に語ってくれた。

それは、弥生さんが高校三年生の時のことだった。

来年は就職のために新潟を出て行く予定だった弥生さんは、その年は必ず故郷である加治川堤の桜をこの目に焼き付けておこうと思っていた。それも満開の桜ではなく、満開過ぎの桜吹雪を……。弥生さんは吹雪のように桜が舞う姿に儚《はかな》い美しさを感じていたのだった。

四月中旬過ぎ。桜の開花から二週間ほど経ち、そろそろ散り始めるという頃……。その日の天気予報は晴れで、やや風があるとのこと。絶好の桜吹雪日和だった。

日が出る前に、弥生さんは加治川堤へ出かけることにした。夜明け直後なら花見に来る人も少なく、静けさの中で桜吹雪を楽しめると思ったからだ。

じょじょに辺りは明るくなり、満開の桜が白く浮かび上がってきた。

弥生さんは一本の桜の木の下で天を見上げた。頭上の空をすっかり覆う花々が、弥生さんに向かって迫ってくるように感じ、その神々しさに少し怖くなってしまったという。

朝になると、かすかに吹いてきた風に乗って花びらが舞い始めた。弥生さんが待っていた時が来たのだ。

風は時折強く吹き、薄紅色の桜吹雪が弥生さんの身を包んだ。弥生さんは両手を広げ、思う存分、桜を感じようとした。

ふと弥生さんの視界に、桜の木の陰に佇む二十代半ばぐらいに見える女の姿が入ってきた。

弥生さんは不思議に思った。四月と言っても朝はまだ寒い。その女は顔色が悪かった。それなのに、なぜかノースリーブでミニ丈のワンピースを着ていたのだ。

しかし、弥生さんは、その女も自分と同じように一人で桜を楽しみたかったのだろうと思い直し、気にしないことにした。

弥生さんが桜吹雪に向って両手を広げていると、風が激しくなったのか、急に大量の花びらが顔や体に当たり始めた。

すると、降りかかっていた花びらが、突然、雨に変わった。

急な豪雨に驚いて、弥生さんはその場から離れようとした。しかし、なぜか足が全く動かない。雨は容赦なく弥生さんに降り注ぐ。

弥生さんが、誰かに助けてもらいたいと辺りを見渡した。すると、少し離れた木の陰に、先ほどと同じように佇んでいる女の姿が見えた。

驚いたことに女のいる場所は雨など降っていなかった。相変わらず桜吹雪だけが舞っていた。

弥生さんは女に向かって「助けて！」と叫んだ。

だが女は表情一つ変えずに、弥生さんを見つめ返すばかりだった。

弥生さんと目の前にある桜の木だけが、見る見るうちに水に浸かっていった。まるで弥生さんと桜の木の周りだけが、ぐるりと見えない壁に取り囲まれているような感じだった。

とうとう水が弥生さんの首元まで達すると、弥生さんは半ば諦めながらも、もう一度、女に向かって「お願い……」と頼んだ。

すると、女は弥生さんに近づき、手を差し伸べようとした。

女の中指が弥生さんの中指の先に届きそうになったちょうどその時、女の姿は半透明に変わった。そして、女の体を通して向こう側に舞う桜吹雪が見えた途端、女の姿は完全に消えてなくなってしまった。

気が付くと、弥生さんは桜吹雪の中にいた。地面には桜がまるで雪のように積もっていたが、大雨が降った形跡などなく、弥生さんの服も全く濡れていなかったという。

十一　探し物　早出川（五泉市）

数年ぶりに新潟の実家に帰省した悦子さんは、母親の自動車を借りて早出川の河川敷へ出掛けていった。

五泉市を流れる早出川流域は、昭和三十年代、四十年代に、集中豪雨により度重なる被害を受けた。しかし、昭和五十五年に完成した早出川ダムによって下流に流れる洪水量が調節されるようになった。その後の早出川中流には、川のせせらぎで水遊びが楽しめる、穏やかで美しい場所ができた。

夕方近く、悦子さんは子ども達が引き上げた後の河川敷で、川の流れを見つめていた。

高校時代、ずっと同じクラスだった裕美さんが、この川をとても好きだったので、二人で度々訪れていたことがあるのだ。

悦子さんがふと上流を見ると、誰もいないと思っていた川岸に女性が一人しゃがみ込んでいるのが見えた。長い髪の女性は、浅い川の水に手を入れて小石を拾い上げたり、また戻したりしている。

その様子をじっと見ていた悦子さんは驚いた。そこにいたのは裕美さんだったのだ。

悦子さんはゆっくりと裕美さんに歩み寄った。しかし、声をかけても、裕美さんは悦子さんのことは気付かないかもしれないと思った。なぜなら、高校時代ショートカットだった悦子さんの髪はロングヘアーで栗色になっている。また、メイクで外見の印象も随分変わっている。

悦子さんは、裕美さんが何か探しているように見えたので、「探し物ですか?」と話しかけてみた。

すると裕美さんは、ゆっくり立ち上がりながら小さな声で「ピアスが……」と答えた。

久しぶりに見た裕美さんは、ほっそりとした大人の女性になっていた。だが、やはり裕美さんは、悦子さんに気付いていないようだった。

悦子さんはそれ以上何も尋ねず、「一緒に探しましょう」と言って、水際にしゃがんで川の中を手で探り始めた。少し離れたところで、裕美さんもまた水に手を入れていた。

川の水は冷たいと感じた。そして、きれいな水の流れる川は、川底の石まで良く見えた。

悦子さんは、裕美さんが高校時代からピアスが大好きだったことを思い出した。

高校ではピアスをつけることは禁止されていた。それなのに、お小遣いを貯めてはピアスを手に入れていた裕美さんは、卒業したら真っ先にピアスホールを開けるのだと、いつも話していた。そんな裕美さんが、悦子さんには可愛らしく思えた。そして、今でもピアスが好きなのだなと、変わらない裕美さんをうれしく思っていた。

しかし、川の中に落ちたピアスを探すのは難しい。何か見つけても、石ころやゴミだと分かってがっかりすることの繰り返しだった。

ため息をつきながら隣を見ると、裕美さんの姿がなかった。

裕美さんを探して辺りを見回すと、悦子さんの方がピアスを探しながら徐々に川下へ移動していたことに気付いた。小さなものなら、少しずつ流されているかもしれないと思ったからだ。

裕美さんは最初に見つけたのと同じ場所で、しゃがみ込んでいた。悦子さんはまた裕美さんのいる上流へ移動した。

悦子さんはもう一度、今度はいくらか昔に戻ったような調子で、「見つからないね」と声を掛けた。すると裕美さんはゆっくり立ち上がって「ピアスが……」と、悲しそうに言った。

悦子さんはその言葉に深く頷き、絶対に見つけようと思って、また水の中を探し始めた。ピアスを見つけて裕美さんに渡したら、自分のことを覚えているかと、語りかけようと考えていたのだ。しばらくは意気込んで川底を探した。

しかし、陽の傾き具合と共に気持ちも沈み、諦めかけていた時だった。水際より二メートルくらい先の川底で、何かがキラリと光った気がした。悦子さんは、祈るような気持ちで川の中へ歩き出した。サンダルやパンツの裾が濡れるのも構わず、水の中を歩いて目的のものを拾い上げた。そして、それを手に取って見た悦子さんは、川の中で立ち尽くした。

高校三年生の三月、裕美さんの誕生日にプレゼントしたピアスの片方だったのだ。悦子さんの手のひらの上で、見覚えのある涙型のアクアマリンが光っていた。

悦子さんは、裕美さんの名を呼ぼうとして顔を上げた。しかし、近くにいたはずの裕美さんはいなかった。

悦子さんは、裕美さんを探して周辺を歩いてみた。しかし、姿は見つからなかった。

悦子さんは裕美さんの実家を訪ね、お母さんにピアスを渡した。そして、裕美さんが早出川で失くしたと探していたので手伝って見つけたが、先程、川ではぐれてしまったので渡して欲しいと頼んだ。

ピアスを手に持ったお母さんは、悦子さんの話を聞きながら、目に涙をいっぱいにためた。悦子さんは驚いて事情を尋ねた。

すると、お母さんは先月、裕美さんが交通事故で亡くなったことを語り出した。

悦子さんは愕然《がくぜん》として、血の気が引いた。

お母さんが言うには、早出川で大切なピアスを失くしたという裕美さんは、毎日のように川に探しに行っていたらしい。だが、見つかったのであれば、安心しているだろうという。そして、「好きな人からのプレゼントだったらしいから……」と続けたお母さんの言葉で、悦子さんはハッとした。

一人になった悦子さんは、涙を流しながら思った。

悦子さんはレズビアンだった。幼い頃から女性に惹かれていた。そして、裕美さんに友情を超えた愛情を抱いていた。その気持ちを抑えきれなくなり、裕美さんの誕生日にプレゼントのピアスと共に自分の思いを伝えた。裕美さんも同じように友達以上の愛情を持っていると感じていたからだ。

しかし、裕美さんはうつむいて震えながら、「私は違う」とつぶやいた。

悦子さんはその一言で失恋したことを悟った。だから、裕美さんを忘れることができなくても、高校を卒業してからは一度も会っていなかったのだ。

でも、実は裕美さんも友情以上の愛情を持ってくれていたのだと悦子さんは思った。裕美さんは、好きになった人が同性であることを、受け止めることができなかっただけなのだろうと。

二人の仲を引き裂いたピアスが、時を経て、今度は二人の気持ちをつないでくれた。だが、それはあまりにも遅すぎた。

十二　黒くて長いもの　五十嵐川（三条市）

先日、渋谷の喫茶店にて仕事の打ち合わせをしていた際、「摩訶不思議な話を聞いたんですよ」と怪談師の正木信太郎さんが切り出した。

一体それはどんな話なのか。興味を持った私は、後日、正木さんに取材させてもらうことにした。

以下、正木さんの話である。

田中さんという新潟県在住の三十代の男性から聞いた話です。

田中さんは釣りが趣味。その日はとても良いお天気だったので、五十嵐川へ釣りに出かけたそうです。五十嵐川は三条市に流れる一級河川。信濃川の支流に当たります。

田中さんがヤマメやイワナを釣っていると、上流から黒いものが流れてきたんです。最初は鰻かなと思ったそうです。

黒いものが近づいてくる。けど、どうも鰻じゃない。

何なのか判別が付かない。先端が傘のように尖っていて、あとは棒状になっている。棒状のところは女性の腕の太さぐらいだったらしい。

川の流れは速いんですよ。それでも延々とその黒いものが流れてくる。細くて棒状のものが、どんどん田中さんの目の前を過ぎ去っていく。

田中さんは、どこまでこの黒いものが続くのかと思って、じっと見ていました。

ようやくその黒くて長いものが途切れるという時、田中さんは最後尾の先端にうちわのような丸いものがくっ付いていることに気付きました。

うちわのような部分も黒かった。けど、そこに人の目のようなものがついていたんです。その目は人間の目よりも一回りぐらい大きいのです。髪もないし、口もないし、鼻もない。ただ目だけがあった。

うちわのようなものに付いた目と田中さんの目がばっちり合って、田中さんは肝をつぶしました。それからすっとその黒くて長いものは下流に消えて行ったんですって。

その後、田中さんは釣った魚を料理してもらおうと、居酒屋に行きました。カウンターだけのこじんまりしたアットホームなお店です。

田中さんが飲んでいると、そこに同じく釣りが趣味の工藤さんという男性が、クーラーボックスを持って居酒屋にやってきました。工藤さんもその日、五十嵐川で釣りをしていました。

工藤さんはカウンター席に座るなり、すごいものを見たと言い出した。田中さんよりも下流で釣っていた工藤さんも、黒くて長いものを見ていたんですって。

あれは見間違いじゃなかったと田中さんは思った。そして、二人してあれはなんだったのかと話し合ったというんです。

正木さんの話を聞いて、私はこんなことを思った。

説明がつかないものに思いがけず直面した時、本能的に人は恐れおののく。そして、無理に何かと関係づけをする。こじつけの理由であったとしても、そこに説明がつけば、少しは安心できるからだ。

しかし、理屈のつけ方は人それぞれだ。

これまで取材を通し、怪現象をどう捉えるか、つまり解釈次第で、人生がよい方向に向かった人もいれば、悪い方向へ変わってしまった人もいることを実感している。

田中さん、工藤さんは各々、黒くて長いものの存在をどのように解釈したのだろうか。

その捉え方によっては、その後の二人の人生は大きく変わってしまうように思える。

十三　亡き娘　阿賀野川（東蒲原郡阿賀町）

毎年十二月半ばになると、屋形船「雪見舟」が新潟平野を流れる阿賀野川をゆったりと進む。

新潟を一人旅行中の信子さんは、雪見舟に乗り込んで外の風景を眺めていた。

岸辺には真っ白な雪。雪の上には、葉を落とした黒い木。まばらに立つ木の奥には針葉樹林があり、さらに濃い黒を見せている。背後にそびえる山々も、黒と白のコントラストで稜線を表していた。

空には雲が垂れ込めて陽は出ていない。そんな天気が、周囲をモノトーンになったかのように見せていた。

信子さんは岸辺に人影があるのを見つけた。白い襟《えり》がついた黒のシンプルなワンピースを着た、ほっそりした大人の女性だった。

女性が着ていたワンピースは、信子さんの娘が好きだったワンピースによく似ていた。

実は二十数年前、信子さんは交通事故で中学二年生の娘を亡くしていた。生きていれば、岸辺の女性のような雰囲気の、大人の女性になっていたかもしれないと、信子さんは思った。

信子さんが見ていることに気付いた女性は、信子さんを見つめ返してきた。

その時、後ろから叫び声がした。信子さんは何事かと後ろを振り向いた。しかし、ただ単に他の乗客が持っていたお茶を落として、驚いて叫んでいただけだった。

信子さんはほっとしてもう一度、岸辺を見た。しかし、もう女性はおらず、木が一本見えるだけだ。

信子さんはがっかりした。

女性の船頭さんの楽しいガイドで、船内は和気藹々《わきあいあい》と楽しげな空気が流れた。信子さんはこの場所には自分の失くしたものが溢れていると思った。

信子さんの斜め前には母娘の二人連れがいた。娘を亡くした信子さんには、もう母娘で旅行することはできない。

右隣には仲の良さそうな老夫婦がいた。信子さんは娘を亡くした後、夫と上手くいかなくなって離婚した。だから、夫婦で旅行することもできない。

信子さんから離れた場所には同世代と思われる女同士の二人連れがいた。信子さんは、一年程前、癌で親友を亡くしている。だから、女同士の気ままな旅ももうできないだろう。

信子さんはなんとなく寂しい気持ちになりながら、周りを見渡していた。すると、奇妙なことに気が付いた。いつの間にか端の方に岸辺に立っていたはずの女性がいたのだ。

見間違いかもしれないと思い、信子さんはまじまじと女性を見つめた。しかし、見れば見るほどよく似ている。

女性も信子さんをじっと見つめ返した。信子さんは恐ろしくなって女性から眼をそらして、外に目を向けた。だが、もう景色を楽しむ気分ではなくなっていた。

しかし、女性の様子が気になる。信子さんはすぐにまた女性の方へ視線を向けた。すると、目をそらした一瞬の間に、女性は立っていた場所から姿を消していた。

信子さんは女性の姿を探した。そして、小さく驚きの声を上げた。今度は信子さんの左隣に座って、真っ直ぐ信子さんを見ていたのだ。一瞬の間に移動した女性を、信子さんはこの世のものではない何かだと感じた。

近くにいた乗客は信子さんがあげた小さな悲鳴を受け、何事かとちらりと信子さんを見たが、特に変わった様子はなかったので、すぐに興味を失ったようだった。

しかし、突然、姿を現した女性を気にしている人は誰もいない。信子さんは、自分にだけ女性の姿が見えているのだろうと思った。それなら騒ぎ立てても、変に思われるだけだ。船の中では逃げることもできないので、信子さんは覚悟を決めて女性を見返した。

卵形の顔に切れ長の目、小さな口に薄い唇……。信子さんは娘によく似ていると思った。その時、いきなり女性が信子さんと膝を突き合わせるほど近くに、滑るように迫ってきた。間近で女性を見た信子さんは、後ろへ逃げるようにのけぞった。女性の顔がすっかり変わっていたのだ。女性の右頬と右目のあたりに大きな火傷があった。

周りの乗客の何人かは、信子さんの様子に気付いて怪訝《けげん》な視線を向けた。

すると、右隣にいた老婦人が信子さんの背中に手を当てて「騒がなくても大丈夫よ」と言って、女性の方にちらりと視線をやってから信子さんに頷いて見せた。

信子さんは、老婦人には女性が見えるのだと思って少し恐怖が和らいだ。恐ろしいことは恐ろしいが、害はないのかもしれない。

信子さんは恐る恐る、もう一度女性の顔を見た。女性は左目から涙を流し、信子さんに何かを訴えかけていた。（美しかったであろう女性が気の毒な姿に……）と、信子さんも涙が込み上げてきた途端、女性の姿は消えてしまった。

信子さんは目の前で起こったことに戸惑って、声を掛けてくれた老婦人の方をすがるように見たが、老婦人は一緒にいた夫と話し込んでいて、もう信子さんを気に掛けている様子はなかった。

信子さんは胸を押さえ、速くなった鼓動と呼吸を整えようとしながら考えた。（なぜ私には女性の姿が見えたのだろう。まさか亡くなった娘が大人になった姿ではないだろうし。でも、もしかして……）と。

雪見舟が周遊を終え、乗客は船から降り始めた。最後に残った信子さんの前を、先ほど声を掛けてくれた老婦人とその夫が、互いを労《いたわ》り合うように歩いていた。

その様子を見た信子さんは、離婚した夫のことを思い出した。先日、元の夫とは学生時代からの共通の友達の葬儀で再会していた。その後、元の夫から老後を支え合って互いに生きていかないかと声をかけられていたのだ。

「成長した娘の霊に出会ったのかもしれない」などと打ち明けられる相手は元の夫しかいない。連絡を取ってみようと、信子さんは思った。

船を降りると、雲の切れ間から明るい光が差してきた。

信子さんはモノトーンの世界からフルカラーの世界へと歩き出した。

十四　トキ　国府川水系（佐渡市）

東京在住の一郎さんは茶道が趣味。ある時、お茶の師匠から茶道の道具の一つである羽《はね》箒《ぼうき》に最も適しているのは、品質と美しさと言う面からトキの羽だと聞いた。

それ以来、一郎さんはぜひトキの羽を見てみたい。そして、できることなら手に入れたいと思った。とはいえ、かつての乱獲や環境の問題で日本産のトキは絶滅した。今は、中国から贈られたトキが繁殖し、国の特別天然記念物として大切に保護されている。そのため、羽一枚であっても普通に手に入れることはできない。

現在、トキといえば、日本では佐渡島で保護、繁殖が進められている以外は、一部の動物園で飼育されているのみ。放鳥されたトキが落とした羽を拾える場所は、佐渡島しかないという。一郎さんは秋の連休を利用して、佐渡島へ出掛けていった。

まずはトキについて学べる施設におもむき、生態や放鳥情報、生息地域を学んだ。もしも羽を拾ったら、個人で大事に保管しなくてはいけない。他人に売るのはもちろん、譲り渡してもいけないという。研究目的であっても環境大臣の許可が必要なのだ。それほど大切で貴重なものだと知ると、一郎さんはますますトキの羽を拾いたくなってしまった。

佐渡島最大の川・国府川に連なる国府川水系には、トキが餌を食べて繁殖もできるようにと管理されたビオトープ（水生植物群）がある。一郎さんはそこを訪ねながら、トキを探すことにした。

一郎さんは国府川水系を歩き回った。そして、ようやくとある浅瀬で、一羽のトキに遭遇した。

一郎さんは、トキに気付かれないように、遠くの方で腹這《はらば》いになって様子を見ていた。だが、観察が目的ではない。トキにこの場から飛び去ってもらって、その跡に落ちているかもしれない羽を探したいのだ。しかし、近づいて、臆病なトキを驚かすのは罪悪感がある。一郎さんは、じっと待ち続けた。

トキを見続けていると、なんだか自分にも捕まえられそうな気がした。かつてトキの肉や羽が珍重され、捕獲されて殺されたのは、捕まえやすかったということも理由ではないかと、一郎さんなりに考え、羽ばたいた瞬間を狙えば……などと思ったのだ。

だが、トキに対してそんなことはできない。

じっと考えているうちに、うとうとしてしまったようだ。歩き回っていた疲れも出たのだろう。

一郎さんは、近くに何かがいるような気配で目が覚めた。うつぶしていた顔を上げると、なんと目の前にトキがいた。しかもざっと三十羽ほどが、ゆったりと動いている。一郎さんは夢の続きだろうかと思った。

三十羽のトキは、美しく、淡く、優し気な橙色をしていた。

一番近くにいたトキが、大きく羽を広げた。一郎さんの目の前に美しい風切羽が現れた。

その時、一郎さんは欲に負けた。とっさに手を出して、羽を一本抜き取ろうとしたのだ。

しかし、羽に手を触れることはできなかった。届いたような気がしたのだが、トキの方が素早く逃げたのか。

次の瞬間だった。トキ達が羽を取ろうとした一郎さんに腹を立てたのか、威嚇《いかく》するように一斉に鳴き声を上げ始めた。一郎さんは大きな声に驚いて辺りを見回した。すると美しかったトキの姿が次から次へと変わっていったのだ。

鉄砲で撃たれたかのように頭から血を流しているトキ。羽をむしられているトキ。首がすっぽりとなくなっているトキ。腹が裂け内臓が垂れ下がっているトキまでいる。まるで乱獲された時の姿を見せられているようだった。

一郎さんは恐ろしさに立ち上がることもできず、その場に固まっていた。すると、三十羽のトキは無残で痛々しい姿のまま、一郎さんに向かって来た。そして、近くにいた数羽のトキが、一郎さんにくちばしを突き立てようとした。

一郎さんは固く目を閉じ、頭を抱えた。そして、トキの長いくちばしで、突かれるのを覚悟した。

しかし、何も起こらない。そのうちに、一郎さんの耳に早鐘《はやがね》のように脈打つ自分の鼓動が聞こえてきた。

しばらくうずくまったままでいた一郎さんは、胸の鼓動が鎮まるとそっと目を開けた。辺りにトキの姿はなかった。もしや自分が見たのはトキの霊だったのかと思い、身震いがした。

一郎さんはトキの羽は諦めて、立ち上がった。すると、遠くの方でゆっくりと空へ飛び立つ、一羽のトキの姿が見えた。

第三章　昔人の章

十五　遊郭（新潟市）

東京の大学に通う健也さん。夏休みは故郷である新潟市に帰省することにした。予定では東京でアルバイトをしたり、大学の友達と遊んだりして過ごすつもりだったのだが……。健也さんが当初の予定を変更し、東京から離れたいと思った理由とは失恋だった。健也さんは大学の同級生に恋をした。しかし、どうアプローチしたらいいのか分からず、思い悩んでいた。

そのうち、彼女に恋人ができたと人伝えに聞いた。相手は健也さんもよく知っている男で、同じ大学の学生だった。結局、健也さんは告白することなく、あっけなく失恋してしまったのだ。だが、いまだ健也さんは彼女への思いを引きずっていた。

ある夜、健也さんは新潟市内の本町通十四番町を歩いていた。

この界隈は、かつて遊郭があったといわれる場所だ。戦後、公娼制が廃止されてからは、娼婦が所在する特殊飲食店になり、呼び方も「赤線」へと変わった。その後、売春防止法が施行され、赤線もなくなった。しかし、今でも昔を偲《しの》ばせる古い木造家屋が残っている。

健也さんは街頭に一人の女が佇んでいることに気が付いた。女はひまわり柄のワンピースを着ていた。細いウェストからふわりと広がった裾が時代遅れな感じがして、妙に目立っていた。

俯いていた女が急に顔を上げた。

健也さんは驚いた。女は、健也さんが失恋したばかりの同級生と瓜二つだったからだ。

健也さんは女を凝視した。真っ赤な唇、抜けるように白い肌、艶のある黒髪が生めかしい。健也さんはゾクッとした。

女は健也さんの視線から逃れるように目を伏せた。健也さんは慌てて女から目をそらした。初対面の女性をじろじろと見てしまい、失礼なことをしたとそのまま通り過ぎようとしたのだが……。

やはり女のことが気になり、角を曲がる手前で後ろを振り返った。ところが、その時には女の姿は消えていた。

それからというもの、健也さんの頭から女のことが離れなくなってしまった。健也さんはもう一度、女に会いたいと思った。一目ぼれだった。

大学の同級生に告白もせずに失恋してしまった自分がふがいなく、当たって砕けろで今度こそは思いだけでも打ち明けたいと考えていた。

そこで、次の日の晩も本町通十四番町に出かけることにした。が、女には会えない。

健也さんは諦めきれず、幾晩も町を彷徨《さまよ》った。しかし、ちらりとも女の姿を見かけることはなかった。

もう女とは会えないかもしれない。そう諦めかけたある夜のことだった。健也さんの目の前を、ひまわり柄のワンピースを着た女が歩いていることに気が付いた。

もしかして……と思った健也さんは、思い切って「あの、すいません」と女に声をかけた。

女が振り向いた。やはりあの時の女だった。

しかも、女は健也さんを見て微笑みかけてくれた。健也さんはうれしくなって、女に何か話しかけたいと思った。

ところが、女の顔は見る見るうちに皺だらけに、艶やかな黒髪は張りのない白髪となり、あっという間に醜い老婆へと変わり果ててしまった。

健也さんが呆然としていると、老婆は卑しい笑みを浮かべ、踵《きびす》を返して、健也さんの前から去っていった。

十六　渇き　ドンチ池（新潟市）

怪談蒐集家を名乗っていると、心霊現象に関するアドバイスを求められることがある。
何年も前のことだが、とある大学生から相談のメールが送られてきたことがあった。
本人の許可を得て、そのやり取りを転載する。

※　※　※

初めまして。

大学の友達と心霊スポットへ行って以来、体調が悪く、寺井先生に相談に乗っていただきたくメールしました。

大学が長い休みに入ったある日、友達五人と新潟市内にあるドンチ池へ行ったんです。ドンチ池は、霊の姿を見たとか、河童と遭遇したとか、池にいる大亀が子どもを飲み込んでしまったとか、何かが出そうな噂があるところなんです。

霊感が強いという友達もいたので、もしかしたら大変なことが起こるかもしれないなんてはしゃぐ気持ちもありました。

ところが、池の近くに着いたものの、水際までは行くことができません。仕方なく皆で持っていた懐中電灯を池の方に向けたりして、しばらく周辺を見ていました。

その間も、何かの生き物が動く音がする度に、何か出るんじゃないかと皆で大騒ぎをしていました。でも、結局何も変わったものは見えませんでした。霊感があるという友達も、何も感じないと言うし……。

それで、やっぱり嘘なんだねと、ちょっとホッとした感じで帰って来たんです。

ところが、翌日から私に異変が起こりました。ものすごく喉が渇くようになったんです。私には霊感なんてまったくないので、最初は喉が渇くぐらいなら異変とは思いませんでした。でも、いくら水を飲んでも、またすぐに飲みたくなるんです。それほど汗かきでもないのに、変だなと思い始めて……。

二日間水を飲み続けた後、三日目に病院へ行きました。この時はまだ、病気かもしれないと思っていたからです。でも、どこも悪いところはないと言われました。

それからも水を飲み続けていたんですが、今度は飲むだけでなく、水に入りたくてたまらなくなりました。水を口に入れるだけでなく、全身に水を感じていたいって言うか……。

それで始終、シャワーを浴びたり、ぬるめの水風呂に浸かったりしました。いつも水のことが忘れられず、ずっと水に縛られているような感じなんです。

水のせいで食事はあまり食べられなくなるし、ダイエットにはなったけど、さすがに変だなと、また思ったわけです。

なんとなくドンチ池に行ったせいかもしれないと思い始めてきたんです。でも、霊とか、そういうものが自分一人に憑いているのかもしれないと考えるのは怖くて……。

一緒に行った他の四人の友達は何でもないそうです。

これは、やっぱり霊的なものが関係しているのでしょうか。どうしたら水から離れることができるんでしょうか。

お返事、お待ちしています。

※　※　※

私は相談主の語る「ドンチ池」とは、別名「論地池」であることを知った。

「論地」とは、所有権や占有権、水の使用権などについて争いの対象になっている土地のことである。

彼女達が行ったドンチ池とは、江戸時代に赤塚村と内野村との間で、灌漑用水《かんがいようすい》の利用をめぐる論争の場となったことから、「論地池」とも呼ばれているのだそうだ。この別名の由来が、相談主に起きたことと、何か関連があるのかもしれない。

そこで私はメールでこう返信した。

「水を分け合うようなつもりで、部屋の四隅に水の入ったコップを置く」というのを、試してみてはいかがですか、と。

するとその数日後、相談主からお礼のメールが来た。水への異常な執着は治まったそうだ。

十七　花火（長岡市）

東京都在住の孝子さんが四十数年前に体験した出来事である。

当時、会社員だった孝子さんは、夏休みをもらって初めての新潟旅行に出かけた。故郷へ帰った学生時代の友達を訪ねるためだった。

当時はまだ上越新幹線は開通しておらず、孝子さんは特急を利用して新潟へ向かった。

車内で孝子さんは、一人の青年と隣り合わせた。

青年は、シンプルな白い襟付きのシャツを着ていて清潔感があった。髪はスポーツ刈りよりももっと短い丸刈りで、がっしりとした青年の体格に良く似合っていた。

孝子さんは青年から「ご旅行ですか？」と話しかけられた。女性の一人旅のため、警戒心を持っていた孝子さんであったが、礼儀正しく真面目そうな雰囲気の青年に対し、つい気を許して話しこんでしまった。

長岡の出身だという青年は、花火大会に合わせて帰省するところだという。

長岡まつりに行われる花火大会には、第二次世界大戦中、長岡空襲によって失われた命を慰霊する意味があるのだそうだ。

昭和二十年八月一日、B29大型爆撃機による焼夷弾爆撃で、旧市街地の八割程度が焼け、多くの人々が亡くなった。その悲劇の翌年には「長岡復興祭」が、そして昭和二十二年に花火大会が復活。以来、亡くなった人々の霊魂をなぐさめているのだという。

孝子さんは青年から「腹の底に響く尺玉の音は、実際に体験してみないと分からない迫力だから、ぜひ一度来てください」と誘われた。

孝子さんは、青年が花火について語る「腹の底に響く尺玉の音」という言葉に興味を持った。その頃の東京はまだ隅田川の花火大会も復活前で、孝子さんは生で打ち上げ花火を見たことがなかったのだ。

迫力ある花火を間近に見てみたいと思った孝子さんは、友達を訪ねるのを一日延期して、青年が誘う長岡へ行ってみることにした。

長岡駅で、孝子さんはいったん青年と別れた。そしてその日の夜、指定された場所で待ったが、青年はなかなかやって来ない。そのうち、花火の打ち上げが始まってしまった。孝子さんにとって初めての打ち上げ花火は、ドンッという音が体に響いて、その迫力に驚いてしまった。しかし慣れてくると、むしろその響きが心地よく、青年が「腹の底に響く」と自慢げに話していた意味が、孝子さんにはよく分かった。

しばらくして、またドンッという衝撃を受けた時、離れたところに青年の姿が見えた。孝子さんは、あっと思って声を掛けようとしたが、すぐに青年は消えてしまった。孝子さんは見間違いかと思った。

そしてまた花火の音が響くと、また青年が現れた。しかし、すぐにまた消えてしまった。孝子さんはその瞬間、ぞっと血の気が引いていくのが分かった。青年は花火の音と共に現れ、そして消えていったのだ。

孝子さんは、声もなく立ち尽くした。驚きを誰かに伝えたくても、孝子さんが知る人は周りに一人もいない。孝子さんは夜空を見上げるのも忘れて、花火の音がするたびに、怖々と辺りを見回していた。

孝子さんは、青年がすでに亡くなっていて、実在する人ではないかもしれないと思った。

しかし、列車の中ではずっと話をしていたのに、そんなことがあり得るだろうか。

だが、青年が好感の持てる人柄であったことは間違いなく、長岡の花火を体験できたのも、青年が熱心に誘ってくれたおかげだと、孝子さんは考えた。すると、恐怖心はいくらか和らいできた。

青年にどんな事情があったのか、孝子さんには分からなかったが、もしかすると、戦争で故郷に帰れなかった人なのかもしれないと想像した。

一際大きな花火が上がり、わずかに遅れてすさまじい音が響いた。その時、孝子さんに笑顔を向ける青年の姿が見えた。と同時に、青年自身が爆発して、眩しい光が炸裂《さくれつ》した。

孝子さんは、息を止めて固く目を閉じた。

数秒後、孝子さんがそっと目を開けると、辺りは何事もなく、花火大会が続いていた。

十八　狐の嫁入りその一（東蒲原郡阿賀町）

以下、河の章「黒くて長いもの」に続き、怪談師の正木信太郎さんに語っていただいた話である。

狐火で有名な阿賀町で代々農家を営む、お婆さんから伺った話です。

今からおよそ百二十年前の明治時代、「ぎんさん」という女性が五歳の時に体験した出来事です。お婆さんにとっては祖母に当たる方だそうです。

当時の農村は家の玄関や勝手口の戸締りをすることなどありませんでした。いつも玄関が開いているから、近所の人達が気軽に家に上がり込んでくる。時にはお茶を出して、一緒におしゃべりをする。そんなオープンな近所付き合いが当たり前だったんです。

ただ困ったこともありました。野良犬や狸や狐も頻繁に出る。戸締りなんかしていないので、そうした動物達が勝手にぎんさんの家に忍び込んで、貯蔵しておいた食べ物を盗んでいくんです。

戸締りをすればいいんでしょうが、そうすると、近所の人達から「あそこの家は秘密主義だ。付き合いが悪い」と非難されてしまいます。だから、いつも玄関は開けっ放しでした。


ある日、ぎんさんが外に遊びに行ったときのことです。辺りは晴れているのに、急に雨が降ってきたんです。

家までは遠い。お天気雨ならすぐに止むだろうと、ちょうど近くに大きな木があったので、そこで雨宿りをすることにしました。

ぎんさんがぼんやり雨が止むのを待っていると、木の裏手にある雑木林から狐が出てきたんです。それも一匹や二匹ではなく、何十匹も……。

狐の群れの中に神輿《みこし》のようなものに乗った狐が一匹いたんです。神輿と言っても、大きな板を数匹の狐が担いだだけのものなんですが。

ぎんさんは、その狐を見て唖然としたそうです。というのも、その狐がなんと花嫁衣裳を着ていたからなんです。

驚いたぎんさんは雨に濡れるのも構わず、慌てて家に逃げ帰りました。

家に戻ると、ぎんさんのお祖母ちゃんがいました。ぎんさんがお祖母ちゃんに今見たことを話すと、お祖母ちゃんは狐が着ていた花嫁衣裳は自分のものだって言い出したんです。

雨が降る一時間ぐらい前、お祖母ちゃんが台所で片付けものをしていると、自分の部屋からバッタン、ガッタンと大きな物音がしてきたそうです。

何事かと思って部屋に行ってみると、何匹かの狐がいた。そして、その中の一匹がお祖母ちゃんの花嫁衣裳を口にくわえていたんですって。

そして、お祖母ちゃんを見ると、狐達は大慌てで逃げました。それで、お祖母ちゃんも狐から花嫁衣裳を取り返すことができなかった。

盗まれた花嫁衣裳がそれからどうなったかというと、数日後、きちんと畳まれて玄関先に置いてあったそうです。

ちなみに、お天気雨の別名は「狐の嫁入り」です。諸説ある由来の一つとして、太陽が出ているにもかかわらず、同時に雨が降るのは、狐が化かす怪奇現象のようだと思われたからと言われています。

十九　母と子

親不知・子不知海岸（糸魚川市）

景子さんは来月には夫となる恋人と一緒に隣県の新潟を旅行することにした。結婚前のデートはこれが最後。そのため、景子さんは思うところがあって親不知・子不知海岸を行き先に選んだのだった。

日本海の荒波が打ち寄せる断崖絶壁。その波打ち際を歩く親不知・子不知海岸は、かつては北陸道最大の難所と言われた。

時は流れ、北陸道に変わる旧国道8号ができた。その後新たな国道8号、そして北陸自動車道が完成し、今では旧国道8号は親不知コミュニティロードという名の遊歩道になっている。

さきほどまで降っていた雨が、今にも上がりそうになってきた。すると恋人は、部屋に忘れたカメラを取ってくると言って、走ってホテルに戻って行った。景子さんは、一人残って景色を眺めながら、物思いにふけっていた。

挙式を控えて、本来なら今一番うれしい時なのだが、景子さんには一つ大きな悩みがあった。

景子さんは父子家庭で育ってきた。中学一年生の時、両親が離婚したからだ。以来、景子さんは母親とは会っていない。そのため、結婚の報告をまだ行っていなかった。

しかし恵子さんは、母親に恋人を紹介して結婚を祝福して欲しいと願っていた。

反面、新しい家庭を築いて幸せな生活を送っているという母親を尋ねても迷惑をかけるのではないかという不安があった。そればかりか、母親はもう景子さんのことなど、気に掛けていないかもしれないとさえ考え、心は揺れていた。

親不知・子不知という一風変わった名の由来は、断崖絶壁と打ち寄せる波の間を通り抜けるのは困難で、たとえ親であろうと子であろうとも、お互いに気遣う余裕などなかったからだと言われている。

景子さんが親不知・子不知海岸を旅先に選んだのは、親子の情さえ捨ててしまう状況とは、いったい、どのようなものなのか、この目で確かめたい。もしかしたら、そこに母親への答えが隠されているかもしれないと考えたからだ。

親不知コミュニティロードから崖の下を覗きこむと、白浪が打ち寄せる海岸線が見えた。昔はあの波の間近を、岩にへばりつくようにして歩いたのかと想像すると、とても自分には真似できないと景子さんは思った。

そんな景色を眺めていると、（人生も同じように厳しいことの連続なのだから、皆、自分を守るのが精一杯なのだ。一度手を放した親子が、再び心を通わすことなどできはしない）と納得して、大きなため息をついた。

すると、崖下に何か動くものが見えた。景子さんが、もう一度崖下の海をじっと見つめると、そこには崖に沿って歩く人の姿があった。

景子さんは信じられず、身を乗り出すようにして崖下を覗いた。歩いていたのは、スゲの葉で編んだ笠を被った女性らしい。しかも和服姿のようで、今時そんな装束でわざわざ危険なところを歩いているのが不思議だった。

するとその女性は、必死に岩にしがみつきながらも、片腕を進む方向とは逆へ向かって伸ばしていた。よく見ると、女性の後には小さな子どもが岩にしがみついていたのだった。景子さんは二人がどうなるのか目が離せずにいた。恐ろしいことに、そこへ急な高波が沖から迫って来るのが見えた。二人に危険を知らせようにも、すぐ近くにまで波は来ている。

このままでは、二人が波に飲み込まれると思った瞬間、波よりわずかに早く、二人は忽《こつ》然《ぜん》と姿を消してしまった。そして、誰もいなくなった岸壁に、大波が砕け散った。夢中で崖下を覗き込んでいた景子さんは、ドキドキしながら体を起こした。今見たのは現実なのだろうか。

母親であろう女性は、必死に生きようとしながらも、後に続く子どもに手を差し伸べていた。その親子の愛だけはしっかりと感じ取った。

（やはり母と子は互いを見捨てることなどできはしない。親不知・子不知などと言っても、母は子に、子は母に手を差し伸べずにはいられないのだ）と景子さんは思った。

その時、戻って来た恋人が景子さんの肩を叩いた。

母親に恋人を紹介して、結婚の報告をしよう。そう決めた景子さんは笑顔で恋人の方を振り返った。

二十　餓鬼（中魚沼郡津南町）

主婦の陽子さんと大学生の娘・あずささんが、二人で新潟をドライブ旅行した時の話だ。

津南町の旅館に泊まった翌朝、あまり歩かなくても絶景が観られる場所とリクエストして、女将さんから教えてもらったのが秋山郷の見倉橋だった。

津南町の渓谷にかかる吊り橋・見倉橋がある辺りを秋山郷という。秘境と呼ばれる秋山郷は、信濃川の支流である中津川の上流で、新潟県と長野県にまたがる地域の総称である。

見倉橋へは、駐車場から徒歩五分ほどで行けるとのこと。陽子さんとあずささんは、旅館を出るとすぐに見倉橋へと自動車を走らせた。

二人が交代で運転する車中での話題は、もっぱら新潟のご当地グルメだった。見倉橋で景色を楽しんだ後は、十日町でへぎそばを、そして柏崎へ行って鯛茶漬け。翌日は寺泊で浜焼きを食べ、新潟の街へ着いたらイタリアン焼きそばや半身空揚げ、笹団子も堪能したい。そんな風に、美味しいものに目がない二人は大いに盛り上がった。あずささんが「とても一日三食では食べつくせない。五〜六食は食べないと」などと言って意気込むので、陽子さんは「腹も身の内よ」と笑った。

三十分ほどで見倉橋近くの駐車場に到着。遊歩道の急な坂道を行くと、渓谷に向かって真っすぐに伸びる見倉橋が現れた。陽子さんは、木製の支柱と床板を持つ見倉橋の姿そのものが、とても美しいと思った。

陽子さんは、揺れる橋を怖々渡りながらも、途中で立ち止まっては中津川渓谷の景色を楽しんだ。橋の下を流れる川は、やや青味がかったエメラルドグリーンに見え、取り囲む緑は木々の種類によって濃淡を変えている。陽子さんはゆっくりと渓谷美を眺めていたいと思ったが、あずささんが歩くたびに起こる揺れで、落ち着いてもいられなかった。

再び急な坂道をたどって駐車場へ戻ると、陽子さんは太ももやふくらはぎの疲れに年齢を感じた。陽子さんが先を歩くあずささんを見て（さすがに若いだけあって何ともないのだろう）と思った瞬間、あずささんは転んでしまった。

陽子さんが駆け寄って助け起こすと、あずささんは「何かに躓《つまず》いたと思ったら、そこに人がうずくまっているように見えた」と言う。しかし、そこには誰もいなかった。

陽子さんは、膝と手のひらを少し擦りむいたあずささんを助手席に座らせて出発した。自動車が走り出すと間もなく、あずささんは「お腹が空いた」という。朝食は旅館で、いつもよりしっかり食べたのに、もうお腹が空いたのかと陽子さんは笑った。

しかし、あずささんは「そろそろ何か食べよう」と提案する。

陽子さんが昼食には時間がまだ早すぎると思っていると、「へぎそばが食べたい」とあずささんは言い出した。十日町へ行って老舗のへぎそばを食べる計画だから、もうしばらく我慢しなさいと陽子さんは諭すのだが、あずささんは「今すぐへぎそばを食べさせろ。鯛茶漬けでもいい」と声を大きくした。

陽子さんは、あずささんが無茶なことを言うので冗談かと思い、ちらちらと助手席を見たが、あずささんはいたって真剣な顔つきだった。

何度も「へぎそばが食いたい！　鯛茶漬けを食わせろ！」と怒鳴るあずささんは、ぎょろりと目をむいて、よだれを垂らさんばかりの下品な顔つきになってきた。我が娘とは思えない豹変《ひょうへん》ぶりに、運転中の陽子さんは「どうしたの……いったい……」と言ったきり、二の句が継げなかった。

驚く陽子さんを尻目に、「腹が減って死にそうだ！　浜焼き食わせねえと暴れるぞ！」と、あずささんはドアを叩いたり、ダッシュボードを蹴り上げ始めた。

走行することに危険を感じた陽子さんは自動車を路肩へ停めた。いや、危険よりもあずささんに何が起こったのか分からず、恐ろしかったのだ。

停車すると同時にあずささんはシートベルトを外し、陽子さんに掴みかかって来た。

「食わせろ！　何か食わせろよ！」

揺さぶられる陽子さんは、あずささんの鬼のような形相を見て、まるで飢えに苦しむ餓鬼のようだと思った。

その時陽子さんは、どこかで聞いた「餓鬼に憑かれたら、何でも良いから食べさせればいい。そうすれば鎮まる」という言葉を思い出した。

陽子さんは、ポケットに持っていた眠気覚ましのミントキャンディを一粒取り出し、あずささんの口へ押し込んだ。

あずささんはキャンディをがりがりと噛み砕いた。すると、少しずつ表情が穏やかに変わっていった。

いつものあずささんに戻ったのを見て、陽子さんは胸を撫でおろした。

後日、陽子さんは、江戸時代の天明・天保の大飢饉で、秋山郷はいくつかの村が滅びるほどの被害を被ったということを知り、一連の出来事は飢えに苦しんだ人々の残心と何か関連があるのかもしれないと考えた。

二十一　佐渡島観光奇譚　二ツ岩大明神（佐渡市）

聡子さんは間もなく七十歳。観光施設も道路も空いている平日に旅行できるのがシルバー世代の良いところだと語る。

そんな聡子さんは夫と二人で日本各地に出かけているが、佐渡島では不思議で恐ろしい出来事に遭遇したという。聡子さんは、その時の体験を佐渡島での観光記録と共に語ってくれた。

数年前の秋、新潟港からフェリーを使って佐渡島へ渡った聡子さん夫婦。生きているトキを見たり、たらい舟に乗ったり、佐渡島の観光スポットを巡って楽しんでいたそうだ。

途中、あるお寺で棺桶に入るという滅多にない体験をした聡子さん。棺桶の中に横になり蓋を閉められると、初めは暗くて狭いところへ閉じ込められる恐怖に鼓動が速まったそうだ。しかし落ち着いてくると、これまでの人生を振り返って、不思議と穏やかな気持ちになることができたという。

その後、向かったのは佐渡金山だ。江戸時代に開山し、操業が停止する平成元年にわたって、およそ三百八十八年もの歴史を持ち、金銀の産出量は日本最大を誇った。そして、今ではその歴史や設備、坑道の様子などを見学できるコースが完成し、佐渡島でも人気の観光スポットとなっている。

聡子さんが特に興味を持ったのは、江戸初期に開発された手掘り坑道跡に設置された、「佐渡金山絵巻」に描かれている採掘作業を忠実に再現したものだった。金山で働く男達を模した人形がリアルで、まるで生きているかのようだった。

そして、棺桶体験の影響だろうか、もしも岩が崩れて、自分が暗くて狭いところへ閉じ込められたらと想像して、ぞっとしたという。

佐渡金山の帰りには、「二ツ岩大明神」へ寄った。ここはインターネットで知った人里離れた古い神社で、「二ツ岩団三郎」という名の狸が祀られている。

二ツ岩団三郎は、スタジオジブリのアニメ『平成狸合戦ぽんぽこ』にもその名が登場するほどの有名な狸だ。聡子さんも良く知るアニメ映画だったので、二ツ岩大明神に寄ってみたいと思ったのだった。

歳月を重ねた鳥居がずらりと続く参道は、摩訶不思議な雰囲気があった。夫は、狸に化かされそうなところだと言った。

お堂にたどり着くと、聡子さんは思わず「有名な狸を祀っているわりには、朽ちかけたようなお堂ね」と言ってしまった。屋根が歪んで、瓦も落ちてしまいそうに見えたのだ。

お堂の中で手を合わせた頃には、だいぶ日も傾き薄暗くなっていた。また、折悪《おりあ》しく雨も降ってきた。夫が自動車から傘を持ってくると走って行ったので、聡子さんはお堂の中で一人待つことにした。

すると、辺りがさらに薄暗くなり、誰も来ないだろうと思っていたお堂の中に、人が入ってくる気配がした。

聡子さんは、参拝者の邪魔にならないように、狭いお堂の中で隅の方に身を寄せた。

やがて参拝者の姿が聡子さんの視界に入ってきた。聡子さんは驚き、思わずあっと声を上げた。

参拝者は汚れた着物を尻端折《しりはしょ》りにして、頭には崩れかけたちょんまげを乗せていたのだ。その恰好は、佐渡金山で見た坑道で働く人形とそっくりだった。

聡子さんが呆然として参拝者を見つめていると、突然、ガラガラという大きな音がした。聡子さんは恐怖でしゃがみ込んだ。

辺りは真っ暗闇になってしまった。

古いお堂がとうとう崩れたのかと、聡子さんは思ったそうだ。

しかし、闇に目が慣れてくると、そこがお堂の中ではないことに気付いた。岩がごろごろと転がっていたため、ここはもしかして洞窟に閉じ込められてしまったのではないかと聡子さんは思ったそうだ。

聡子さんは訳が分からず、ただただ恐ろしかった。そして、現実を避けるように目を固く閉じて、大声で助けを呼んだ。

すると、夫の「どうしたんだ?」という声がした。目を開けてみると、そこは元のお堂の中だったという。

第四章　現人の章

二十二　案山子（新潟市）

新潟平野は秋を迎え、黄金色へと姿を変えた。美佐子さんは左右に延々と田んぼが続く道を自動車で走っていた。叔母さんのお見舞いに病院へ行った帰りだった。

美佐子さんは、はつらつとしていて高齢になっても一人で海外旅行に出かける、行動的な叔母さんが大好きだった。しかし脳溢血で倒れて以来、車椅子が必要になり、意思の疎通も難しくなっている。美佐子さんはその事実に大きなショックを受けていた。

美佐子さんは運転しながら、叔母さんが受けたという手術のことを考えた。頭の一部を切り開き、脳出血した部分を取り出す……。血を見るのが苦手な美佐子さんは、思わず身震いがした。

その時、まるで美佐子さんの気持ちを代弁するかのように、急に空が曇ってきた。遠くでは雷が光っている。

雨が降り出すのではないかと、美佐子さんは辺りを見回した。人も自動車も他にはなかったが、行く先に見える田んぼの中に、いくつもの丸い物体が浮かんでいるのが目に入った。

自動車で前に進んでいくうちに、美佐子さんはそれが何であるのかに気付き、その田んぼのぎりぎり手前で急停車した。美佐子さんは愕然《がくぜん》として目を見開いた。見たくはないものだったが、目が離せなかったのだ。

そこにあったのは、田んぼに実る稲の上にゆらりと浮かぶ、人間の生首だった。額から血を流している生首、頭がぱっくりと割れた生首、片目が大きく腫れ上がった生首など、いくつもの生首が恨めしそうに美佐子さんを見つめている。

美佐子さんはハンドルを握りしめ、叫び声を上げようとしたちょうどその時、激しい雷の音が鳴り響いた。美佐子さんは、その音にも二重に驚いて声を失った。

すると同時に、大粒の雨がぼたぼたと自動車に当たり始めた。そして、あっという間に土砂降りに変わった。絶え間なく雷も鳴っている。

いつの間にか自動車のエンジンが止まってしまった。

美佐子さんは、一刻も早くこの場を通り過ぎようと、切れた自動車のエンジンをかけようとするが、かからない。定期点検を済ませたばかりで、故障ではないと思うのだが、エンジンは一向に動こうとしなかった。

その時ひときわ激しい音がして、雷が落ちた。その雷の光で、土砂降りではっきり見えなかったフロントガラスの向こうに、微かに生首が浮かび上がった。美佐子さんは「ヒッ、ヒッ、ヒッ！」と短い叫びを上げながら目を閉じ、耳をふさいで、ハンドルに頭を突っ伏した。

美佐子さんがしばらくそのままの姿勢でいると、辺りが静かになってきた。雨も雷も、通り過ぎて行ったようだ。周りが少しずつ明るくなってきたのが、目を閉じていても感じられる。美佐子さんは、目を開けるかどうか迷った。しかし、いつまでもそのままでいられるはずもない。

美佐子さんは少しずつ目を開け、自動車の左側前方にある田んぼを恐々と見た。そこにはやはりたくさんの生首があるではないか。

その時、残っていた雲が晴れ、太陽が辺り一面を照らした。美佐子さんは、明るい光を受けた生首を見て、本物ではないことに気が付いた。

それらは赤いペンキで傷や流れる血を描いた、マネキンの首だった。

自動車から降りてマネキンの首が並ぶ田んぼに近づくと、美佐子さんは大笑いした。マネキンの首だけを棒に刺して田んぼの中に立てた、ただの案山子だったからだ。

だが、案山子にしては気味が悪すぎる。美佐子さんは「こらっ！」と案山子に向かって大声で叫んだ。

美佐子さんは、いくらかスッキリした気持ちで、自動車に戻りエンジンをかけた。今度は難なくエンジンがかかった。

気持ちが暗くなっているから、バカバカしいものも、恐ろしく見えてしまうのかもしれない。美佐子さんは（前向きにいこう）と自分に言い聞かせて、自動車を発進させた。

遠くを見ると、空には大きな虹が架かっていた。

マネキンの首の案山子から遠ざかりながら、美佐子さんはふとバックミラーで、先程の田んぼを見た。

美佐子さんは唖然《あぜん》となった。そして、自動車を停めて、外に出て一面の田んぼを見渡した。

あんなにたくさんあったはずのマネキン首の案山子が、全て消え去っていたのだ。

二十三　イタリアン（新潟市）

弘子さんの一家は夫の急な転勤で、年明け早々、静岡県の某市から新潟市内に引っ越した。

小学生の玲奈ちゃんも三年生の三学期からの転校で随分嫌がっていたが、少しずつ転校先の小学校にも慣れてきていた。

ある雪の日曜のことだった。

夫は急ぎの仕事があると言って出社したが、午後には戻ってくるという。

昼食は、前夜に家族で話題になった「イタリアン」の予定だ。

新潟のB級グルメ「イタリアン」を、弘子さんと玲奈ちゃんはまだ食べたことがなかった。夫の説明では、「ソース焼きそばにトマトソースをかけたもの」だと言うのだが、味の想像ができない。それなら食べてみるしかないということになったのだ。

弘子さんと玲奈ちゃんは、帰ってから食べるという夫の分も合わせて、お店でイタリアンを三人前テイクアウトして、マンションへ戻った。

すると、マンションの玄関前に一人の少女が立っていた。

弘子さんは「こんにちは、ご両親はお留守？」と声を掛けた。同じマンションに住む山田さんの娘だ。少女は何も言わずに軽く頷いただけだった。

山田さん一家は同じマンションに住んでいるが、両親ともサービス業なので、日曜は仕事に出ているはずだった。

弘子さんは、少女が妙に薄着でいることに気付いた。はらはらと雪が降り続いているのに寒くないかと尋ねたが、少女はやはり少し頷くだけだった。

しかし、どう見てもTシャツ一枚は寒そうだ。足元には長靴を履いているものの、母親は服の準備もしていないのかと、弘子さんは不思議に思った。

少女は玲奈ちゃんと同じ小学校の同学年。転校したばかりの玲奈ちゃんと仲よくなってもらうのに、ちょうど良い機会だと弘子さんは考えた。そこで、うちで一緒にお昼を食べないかと誘った。夫の分はまた後で買ってくれば良いと思ったのだ。

少女を伴って部屋に戻ると、三人は早速ダイニングテーブルでイタリアンを食べ始めた。弘子さんは、トマトソースをからめて食べる焼きそばが、意外にマッチして美味しいと思った。玲奈ちゃんも「不思議とイケる」などと言っていた。少女はイタリアンが大好きなようで、無言で一心に頬張っていた。

部屋の中は、十分に暖房が効いていて、ぽかぽかと暖かかった。静岡から越して来た弘子さん一家は、新潟が寒くてたまらないのだ。エアコンやストーブなどを併用して、いつも部屋をガンガン暖めていた。弘子さんは、少女も薄着だから暖かくした方が良いだろうと思った。

ところが、少女は美味しそうに食べているのに、なぜか顔色がどんどん悪くなってきた。見ると、額や首筋に汗をかいている。弘子さんは熱でもあるのかと心配になって、少女のおでこを触ると冷たいので驚いた。弘子さんは少女に気分は悪くないかと尋ねたが、食べっぷりを見ると、至って元気そうだ。少女も首を振るだけだった。

だが、そうしている間にも、少女のTシャツがびっしょり濡れるほどになってしまった。弘子さんは、玲奈ちゃんにTシャツを貸してあげなさいと言った。怪訝《けげん》そうに少女を見ていた玲奈ちゃんは、自分の部屋へTシャツをとりに行った。弘子さんも、タオルを持ってくるからと少女に言って席を立った。

すると、玲奈ちゃんが部屋から大きな声で「ママ」と、弘子さんを呼んだ。

弘子さんが行ってみると、玲奈ちゃんが、「あの子だれ？　なんだか怖いよ」と言った。

弘子さんは驚いて、「山田さんの娘さんじゃない。一緒の小学校でしょ？」と聞くと、似ているけど違うと玲奈ちゃんはいう。玲奈ちゃんは、なぜ知らない子を誘うのか不思議に思っていたのだ。

どうやら、弘子さんの思い込みだったらしい。しかし、今更どうすることもできず、二人はTシャツとタオルを手にダイニングに戻った。

ところが、そこに少女はいなかったのだ。出て行った気配もなかったので、二人は部屋中を探してみた。だが、玄関に少女の長靴が残っているだけだった。

帰ったとも思えないのに、少女はいったいどこへ行ってしまったのか、弘子さんと玲奈ちゃんは顔を見合わせた。二人は暖かい部屋の中で、ぞっと背筋が寒くなってしまった。

それから間もなく、仕事から帰った夫の顔を見て二人はホッとした。弘子さんは、長靴だけ残して少女が消えてしまったと夫に話した。しかし、夫は玄関に長靴などなかったという。

弘子さんと玲奈ちゃんは再び顔を見合わせて「確かにいたよね……」と、また怖くなってしまった。

夫は少女がきれいに平らげた空の容器を見て「俺のイタリアンは?」と、不満そうに言った。

二十四　賽の河原

七面大天女岩屋（新潟市）

純子さんは子どもが大好きだ。子どもの笑顔を見ているだけで、心が癒されるという。

しかし、純子さん自身はなかなか子宝に恵まれなかった。そこで、結婚三年目にして不妊治療を受けることにしたのだ。

そして、ようやく妊娠することができたのだが……。喜びもつかの間、流産してしまい、純子さんは何とも言えない喪失感に襲われた。もう次の妊娠は無理だろうと、医師から言われていたからだ。

死んだ人は三途の川を渡って、あの世へと行くという。

しかし、親より先に死んだ子どもは親不孝の報《むく》いとして、あの世に行くことができない。

そのため、三途の川の手前の「賽の河原」で、親の供養のために小石を積み、塔を作る。

だが、完成しそうになると鬼がやってきて、せっかく作った塔を壊してしまうのだという。我が子も賽の河原で石を積んでいるのだろうか。純子さんはそう思うと、胸が締め付けられる思いがした。

ある日、純子さんは新潟市内に「賽の河原」と呼ばれる場所があることを知った。日蓮宗の妙光寺の裏山にある自然洞窟の「七面大天女岩屋」だ。

その昔、この洞窟に悪蛇が住みつき、村人たちを困らせていた。そこに佐渡へ流される途中の日蓮上人が漂着し、悪蛇を説き伏せて改心させたのだという。

また、不思議なことに洞窟の中の石は夜になるとひとりでに積まれるため、「賽の河原」と呼ばれるようになったそうだ。

純子さんはそれを知って、七面大天女岩屋へ通うようになった。毎日のように出かけては一つずつ石を積んだ。亡くなった我が子の石積みを手伝いたい。そんな思いからだった。

ある日の夕方、純子さんはいつものように石を積み、そろそろ帰ろうかと洞窟を出た。すると、突然、背後に光を感じた。

純子さんが振り返ると、洞窟の入り口辺りが光っている。

純子さんは不思議に思って光っている方を眺めていた。すると、誰かが座り込んでいるのが見えてきた。

子どもだ。

純子さんは驚いて後退《あとずさ》りした。しかし、子どもから目が離せない。

じょじょに純子さんの目が慣れてくると、一人ではなく、あちらこちらに子どもがいて、石を積んでいるのが分かった。

純子さんは思わず「あっ」と声を上げた。すると、一生懸命石を積んでいた子どもたちが一斉に純子さんの方を見た。

純子さんは「うわっ！」と、また大声を出した。

すると子どもたちは、また一斉に表情を変えた。声は聞こえてこないが、その表情は泣き叫んでいるようであったり、怯えているようであったり、怒っているようであったり……。

純子さんは恐ろしさのあまり、走り出した。後ろを振り返らずに車に乗り込むと、急いでエンジンをかけた。

帰りの車の中で、純子さんは本物の賽の河原に迷い込んでしまったのだろうかと考えた。そして、あの子どもたちの表情から推察すると、自分のことを鬼だと間違えたのではないか、と。

純子さんは、今も子どもが大好きだ。だが、我が子は亡くなってしまったのに、よその子どもは元気に遊んでいる。それが恨めしいと思うことが度々あったという。

そんな気持ちを、あの賽の河原にいた子どもたちに見透かされたのかもしれない。だとしたら、鬼と思われても仕方がない、と。

二十五　狐火（新潟市）

昭和四十年代の旧新津市、現在の新潟市秋葉区での出来事である。

ある年の夏休み、東京在住の幸子さんが新津市にある母方のお祖母さんの家へ行った時のことだった。

お祖母さんの家には、幸子さんの二人のいとこも来ていた。一つ年上の明美さんと同じ年の直樹君で、二人は幸子さんのいい遊び相手だった。

夜は幸子さんと明美さん、直樹君の三人で、蚊帳の中で寝た。明美さんは、お祖母さんから聞いたことがあるという狐火の話を幸子さんにしてくれた。

お祖母さんが子どもの頃、家の裏の畑で誰もいないにも関わらず、火のようなものが点滅しながら動いているのを見たことがあるという。それは狐火と呼ばれているものだそうだ。

狐火の正体については、狐の嫁入りの行列の灯りだとか、遠くの灯りが蜃気楼のように見えているだけだとか言われている。

しかし、お祖母さんは、狐の口から吐き出された火ではないかと語り、明美さんもそれを信じているのだという。


三人は翌日の夜中、畑へ狐火を見に行くことにした。

明美さんは狐を呼ぶ方法を知っているという。

明美さんは、明日の夕食にお祖母さんが得意のいなり寿司をたくさん作るので、狐へのお供え物に、こっそり一つずつ残して、それを持って畑に行こうと言い出した。


そして、次の日の夜、三人は暗い畑に懐中電灯一つを持って出かけた。

畑に着くと、新聞の折り込み広告に包んだ、いなり寿司を取り出した。

すると、明美さんがもう一枚紙を広げた。そこには鳥居の絵が大きく書いてあった。鳥居の下に三つのいなり寿司を置いて手を合わせると、明美さんが「狐さん、狐さん、どうぞお出でください」と唱え始めた。

しかし何も起こらない。いなり寿司が動き出したりしないし、辺りを見渡しても狐火など見えなかった。

しばらくすると飽きてきた三人は家に帰ることにした。明美さんと直樹君はその場でいなり寿司を食べた。だが、幸子さんは持ち帰って明日食べることにした。

するとそこへ年上の少女が現れ、いなり寿司を一つ欲しいと言い出した。残していたのは幸子さんだけだが、見ず知らずの少女にあげるのは嫌なので拒んだ。

すると、少女は「これと交換なら？」と言って、おはぎを三つ取り出した。三人は喜んで幸子さんのいなり寿司を差し出し、おはぎにかぶりついた。

しかし、三人はすぐに口に入れたものを吐き出した。それはおはぎではなく、なんと泥団子だった。

三人は少女にひどいことをするなと訴えようとしたが、少女の姿はもうなかった。

それでも少女の姿を探して辺りを見回していると、どこからともなく少女の甲高い笑い声が聞こえてきた。その声に恐ろしくなった三人は、互いの体に腕を回して一塊になって震えた。

するとと幸子さんが遠くを見て、あっと声を上げた。そこには、点いたり消えたりしながら、一瞬で遠くまで行ったり来たりする狐火が見えたからだ。

二十六　愛猫

南部神社（長岡市）

会社員の綾さんは新潟市で一人暮らしをしていた。

綾さんは大の猫好きで、実家でも子どもの頃から飼い猫のマルを、老衰で亡くなるまで可愛がっていた。今でも時々、マルの写真を見て懐かしく思うことがあるそうだ。

綾さんはまたマルのような猫と暮らしたいと思っていたが、ペットの飼えないマンションに住んでいたので、諦めていた。

ある日曜日、綾さんは彼氏の誘いでドライブに出かけた。彼氏はどうしても綾さんと行きたいところがあるという。綾さんはどこに連れて行ってくれるのだろうと、楽しみにしていた。

自動車で長岡市の山道を走ると、「南部神社」の前に着いた。

彼氏によると、南部神社は別名「猫又権現」と呼ばれており、境内には狛犬ならぬ狛猫がいるというのだ。

「猫又」とは猫の妖怪のこと。長命の猫の尾が二股に分かれ猫又になるとの言い伝えがある。だが、南部神社は猫又権現と呼ばれてはいるが、妖怪が祀られているわけではない。

南部神社がある栃尾地域はかつて養蚕が盛んで、蚕を食い荒らす鼠を捕る猫が大事にされた。そのため、江戸時代後期に猫をあがめるために、南部神社に狛猫の像を建てたのだという。

綾さんは、猫好きの自分のために彼氏が南部神社を探して、連れてきてくれたことを喜んだ。そして、狛犬ならぬ狛猫に早く会いたくて、ワクワクしながら本殿へと続く長い石段を上っていった。

石段を上り切ると、狛猫が綾さん達を出迎えてくれた。

狛猫は丸い顔に丸い目、ひげ袋がよく膨らんでいて、マルにどことなく似ていた。綾さんは「またいつかマルのような猫と一緒に暮らせますように」と祈った。

その日の夜だった。

綾さんは、リビングテーブルに置いた小さな三面鏡の前で、化粧落としをしていた。すると何となく背後が気になって振り向いた。視線を感じたのだ。だが、一人暮らしの部屋では、他人の視線などあるはずもない。

再び綾さんが鏡に向かうと、やはり左後ろから自分に視線が向けられているような気がする。綾さんは、鏡に向かったまま自分の左後ろを見ようと、三面鏡の右側の鏡を覗き込んで、悲鳴を上げた。そこには老婆の顔が映っていたからだ。

綾さんは腰が抜けたような格好で後ろを振り返った。しかし、老婆の姿はそこにはなかった。綾さんはホッとして、テレビの映像が映り込んで見えたと思うことにした。

早めにベッドに入った綾さんは、スマホから彼氏に向けてメールを打った。

すると、掛け布団の足元の方に何かがいる気配を感じた。そして次の瞬間、何かが綾さんの上に乗っかった。

反射的に綾さんが足元に目をやると、何かが四つん這いの格好で、綾さんにすり寄るように近づいてきた。綾さんは驚きで声も出せず、ヘッドボードの方へずり上がって逃げた。

綾さんが目を離せずにいると、その何かが顔を上げた。するとそこには、老婆の顔があった。

綾さんはベッドを飛び降りて逃げ出した。そして、ドアを開けた瞬間、振り返ってベッドを見た時、老婆がすっと消えた。消える瞬間の老婆は、驚いて毛を逆立てた猫に姿を変えたように見えた。

人ではないものが現れたと思った綾さんは、メールを打ちかけていたスマホだけを手に握ったまま、部屋を飛び出した。

綾さんが彼氏に恐ろしいことがあったとスマホで告げると、彼氏はすぐさま自動車で駆けつけてくれた。そして、綾さんが青い顔をして自動車の中で待つ間に、綾さんの部屋の中を確かめ、鍵を掛けてきてくれた。

彼氏は部屋の中には誰もいなかったというが、綾さんは見間違いだったとは思えなかった。そのため、また部屋に戻って休む気には到底なれず、彼氏の家へ泊まることにした。

翌日の早朝。綾さんは出勤の準備をするために、彼氏の運転でマンションへと戻った。

一夜明けて気持ちを落ち着けてみると、昨夜の老婆が消える寸前に見せた姿が、マルに似ていたように思えてきた。そう考えると、南部神社の狛猫を見たことや、猫又の言い伝えを知ったことで、それらに関わる夢でも見たのではないかと、思い始めていた。

でも、やはり部屋に一人で入るのは恐ろしく、彼氏と一緒にドアを開けた。

中を見た二人は、驚いて体が凍りついた。部屋の中が荒らされていたからだ。

綾さんは泥棒に入られたのかと思い、そこで初めて別の恐怖を感じた。彼氏がプロポーズの時に贈ってくれた指輪を、置いたままにしていたからだ。ケースの蓋を開けた状態で飾り棚に置き、いつも眺めていたダイヤの指輪だ。

しかし、指輪は無事だった。持ち出せなかった財布の中身も盗られてはいなかった。

綾さんはホッとして部屋の中を見回してみると、泥棒に荒らされたというより、誰かが争った跡のように見えた。

その後、綾さんの部屋は、やはり泥棒に入られていたことが分かった。窓ガラスの一部が割れ、窓の鍵が開けられていた。しかし、何も盗まれておらず、被害は割れたガラス一枚だけで済んだ。

綾さんは、やはり夢ではなく、マルの霊が老婆に化けて自分のところへ来てくれたと思いたかった。

そのおかげで泥棒に出くわすことはなかったからだ。彼氏もそれが何よりだったと言った。泥棒が家主に見つかった場合、慌てて逃げ出すどころか逆上し、殴りかかってきたり、刃物を突きつけてきたりすることもあるそうだ。

そして、指輪も財布も見えるところにあったにもかかわらず被害に遭わなかったのも、部屋にいた不思議な何かのおかげかもしれないと思った。

綾さんは、マル（猫）が泥棒（鼠）を退治してくれたと感謝しているという。

二十七　供養

弥彦神社（西蒲原郡弥彦村）

数年前のお正月の出来事だった。

新潟市在住の恵さんは婚約者と二人、弥彦神社へ初詣に出かけることにした。

弥彦神社は県内一初詣客の多い神社で、この由緒ある神社はパワースポットとしても有名だ。

ところが、婚約者がインフルエンザに罹《かか》ってしまい、初詣には恵さん一人で行くことになった。

元旦の午前零時を回った頃、恵さんは本殿前で参拝の順番を待っていた。その時、目の前に、髪の長い和服姿の若い女性がいることに気が付いた。

列は少しずつ前に進むが、その女性は立ち止まったまま動かない。恵さんは「進んでください」と女性に声を掛けた。しかし、女性は知らん顔。一向に前に進もうとしない。恵さんは聞こえていないのかと思い、女性の肩を叩き、再び「進んでください」と頼んだ。

すると、女性は驚愕の表情で振り返った。女性のあまりの驚きように恵さん自身が戸惑ってしまう程だった。

その時、後ろにいた誰かが恵さんを押した。恵さんは前のめりに倒れそうになり、両手で女性の背中を押してしまった。恵さんは慌てて女性に詫びた。

しかし、女性はいなかった。恵さんの両手は、ダウンジャケットを着た中年男性の背中に触れていた。

それからというもの、自宅マンションでは不思議なことが次々と起こり始めた。恵さんはショートカットなのに排水溝に長い髪が落ちていたり、夜中に突然足音がしたり……。

ある日の夜、恵さんが寝ていると胸に重みを感じた。恵さんが目を覚ますと、胸の上に女性が正座していた。

弥彦神社で出会った女性だった。恵さんは悲鳴を上げた。
その声に驚いた婚約者が起き出した。と同時に、女性の姿も忽然《こつぜん》と消えてしまった。
恵さんは婚約者を怖がらせてしまうかもしれないとも考えたが、自分の胸の中だけにしまっておくことができず、一連の出来事を打ち明けた。

婚約者は「女性は霊で、もしかしたら、昔あった事故が関係しているのかもしれない」と言い出した。

一九五六年一月一日、弥彦神社では初詣の人々が将棋倒しとなり、死者百二十四人、重軽傷者九十四人を出す大事故が発生したことがあるのだ。

女性は事故で亡くなった犠牲者の一人なのだろうか。もしそうだとしたら、女性は見えないはずの自分に声を掛けてきた恵さんを頼りにしたのだろうか。あるいは生前、女性も結婚間近で、境遇が似ている恵さんと波長が合ったのだろうか。事情は分からない。

恵さんは若くして命を落としたのかもしれぬ女性に我が身を重ね、涙を流した。女性も生きていれば結婚して、家庭を築いていたかもしれない。そして、今頃は子どもや孫に囲まれた幸せなお祖母ちゃんになっていたかもしれない。

その時、二人がいた部屋の灯りが二回点滅した。互いに顔を見合わせた。なぜか二人の気持ちが女性に届いた気がした。

亡くなった人たちのことを忘れずに話題にするのは、供養に通じると聞く。そのためか、それ以降、異変は起こっていない。

二十八　狐の嫁入りその二（東蒲原郡阿賀町）

神奈川県に住む渚さんは、半年後に結婚が決まっていた。

しかし、幸せの絶頂にあるはずなのに、結婚生活には不安を抱いていた。その原因は、幼い頃に出て行った彼女のお父さんにあった。

両親は渚さんが三歳の時に離婚。その後、お父さんは自分の夢を追いかけ、ハワイへ渡った。だが、夢半ばにしてガンを患《わずら》い、最後は故郷の新潟県へ帰って亡くなったそうだ。

両親の離婚後、渚さんはお父さんとは一度も会うことはなかった。

渚さんの手元に残った形見は、赤いアロハシャツ姿でにっこりと笑っているお父さんの写真だけだった。

渚さんの婚約者は、妻子を捨ててまで夢を追いかけるようなタイプの男性ではない。だから、幸せな家庭を築けるはず。そう渚さんは思っていた。

しかし、お母さんだけの一人親家庭で育った渚さんは、お母さんと同じように自分も寂しい思いをするのではないかという不安が消えなかった。たまたま婚約者もお父さんと同じ名前だったことも、不安を感じる要素になっていたのかもしれない。

渚さんは、お父さんがどんな人だったのか、あまりお母さんに尋ねたことはなかった。お母さんの気持ちを思うと、お父さんのことを聞くのはなんだかいけないことのような気がしていたからだ。だが、結婚を控えて、自分もいずれは親になると考えると、お父さんのことをもっと知っておきたいと思うようになった。

おぼろげだが、渚さんには一つだけお父さんの記憶がある。

渚さんがお母さんの腕に抱かれていた時、突然、白と赤の奇妙な化粧をした男が現れた。そして、渚さんの頬に自分の頬を摺《す》り寄《よ》せてきた。渚さんは驚き、泣きわめいた。そんな渚さんをお母さんが「あれはお父さんだから」と必死に宥《なだ》めた。

渚さんは思い切ってお母さんにその記憶の内容について尋ねてみた。すると、それはお父さんの故郷の新潟県へ遊びに行き、阿賀町津川の祭りを見物した時のことだという。

その祭りとは「つがわ狐の嫁入り行列」。地元に伝わる狐の嫁入り伝説になぞらえた花嫁行列で、花嫁花婿を始め、お供の人々や見物人までもが、おでこや鼻、口の周りなどを白く塗り、その上から赤い隈取りで鼻筋、そして黒い髭を描き、紅をさすという狐を模した化粧をして、祭りを盛り上げるというものだ。

調べてみると、その祭りは今でも開催されていることが分かった。間もなく結婚する自分と何か因縁がありそうだと渚さんは感じた。


祭りの当日、渚さんは一人で阿賀町津川を訪れた。渚さんは、祭りが始まる時刻まで、町並みを見渡せる麒麟山の展望台へハイキングに行った。展望台に立ちながら、二十年前に親子で来た時にも同じ景色を眺めたのかもしれないと考えた。

祭り見物から数ヵ月後、お父さんは家を出て行ったそうだ。渚さんは「果たして自分はお父さんから愛されていたのだろうか？　ここへ来た時は楽しい家族旅行だったのだろうか？」と思いを巡らせていた。

すると、四～五メートル離れた木立の陰に、赤と白の物体が見え隠れしたような気がした。渚さんは、他の観光客が来たのだろうと思った。

しかし、人にしては小さいように思えたので、気になって少しずつ近寄ってみた。赤と白の物体は、木の葉の向こうで微かに揺らぎながら、宙に浮かんでいるように見える。

渚さんは、それがいったい何なのか確かめようと、邪魔な木の葉を片手で払いのけた。するとその物体はすっと遠ざかって、また先の木陰に隠れたので、よく見えなくなった。

渚さんは生物のようだと思って少し怖くなった。しかし、音もなく去っていった物体が気になり、そっと木立に踏み込み隠れた場所に近づくと、一気に枝葉を払いのけた。

赤と白に見えた物体は、そこにはいなかった。

しかし、渚さんの頬に何かがすっと触れる気配があった。渚さんは驚いて身を引いた。

そして、その気配の正体を見た。

祭りの際に行う狐の化粧を施した人の顔だった。首も胴体も足もなく、ただ顔だけが宙に浮かんでいたのだ。

渚さんは叫び声を上げ、踵《きびす》を返して、走り出した。高台を駆け下りながら後ろを振り返ると、遠くの方で狐の化粧の顔が揺れているのが見える。渚さんは必死に走った。そして、何度目かに振り返った時に、ようやく狐の化粧の顔は見えなくなっていた。

渚さんは、祭りの見物客で賑わう町へたどり着いた。そこには狐の化粧を施した人達があちらこちらにいた。渚さんはさっき自分が見たのは、同じ狐の化粧をした誰かで、木立の中にいきなり現れたので、顔が宙に浮かんでいるように見えたのだろうと、自分に言い聞かせた。今日に限っては、狐の化粧は珍しいものではない。そう思うと自分のそそっかしさに、おかしくなってきた。

狐の嫁入り行列が始まった。白無垢の狐の花嫁さんが、お供の狐たちに囲まれて近づいて来る。

すると行列を隔てた向こう側、渚さんの真正面に狐の化粧をした男性が立っているのが目に入った。その男性は五月の初めだというのにアロハシャツ姿だった。

渚さんはハッとして、手に持ったバッグの中を探り古い写真を取り出した。

写真の中のお父さんは、向かい側に立つ男性と同じ赤地に白いハイビスカス模様のアロハシャツを着ていた。

渚さんはもう一度向かい側の狐の化粧の男を見た。その男性は渚さんを見て軽く頷いたように見えた。渚さんはもっと近くでその男性を見ようと、増えてきた見物人の隙間を縫って頭を動かすのだが、男の姿は微かに見え隠れするだけだった。

そして、行列と見物人の陰に隠れていたアロハシャツの男の顔が再び見えた、ちょうどその時、男の顔に施された狐の化粧が消え、写真と同じお父さんの笑顔になった。

渚さんは驚きの声を上げた。

渚さんはお父さんに近づくために踏み出そうとした。しかし、見物人達の陰で再びお父さんの姿が見えなくなった。次に人の群れの隙間から向こう側が見えた時には、もうお父さんはいなくなっていたという。

行列が過ぎ去って見物人達が帰り出す中、渚さんは一人立ちすくんでいた。

渚さんは（お父さんが笑顔を見せてくれたのは、私が花嫁になることを喜んでくれていたからではないだろうか）と考えた。そして、（お父さんは私を見捨てたのではなく、遠くからずっと見守ってくれていたのだ）と。

渚さんは不安な気持ちに区切りをつけて、幸せな家庭を築いていこうと誓った。

二十九　雪おろし（妙高市）

妙高市に住む聡さんは、八十歳を超えても元気に一人暮らしをしていた。

妙高市は新潟県の南西部に位置し、冬場は積雪が三メートルを超えることもある。そのため、特別豪雪地帯に指定されている地域である。

降り積もった雪は固くなると、降る雪の何倍もの重さになる。屋根の上に積もった雪を下ろさなければ、家が壊れたり、落雪で通行人が怪我をすることがある。そのため、豪雪地帯の雪下ろしはとても重要な作業だという。

だが、雪下ろしは危険な作業でもある。屋根から足を滑らせて転落し、さらに屋根から落ちてきた雪に埋まって死亡するケースもあるのだ。

事故防止のためには、「命綱をつけ、ヘルメットを被る」「すべりにくい靴を履く」「梯《はし》子《ご》を必ず屋根に固定し、転落を防ぐ」などが挙げられる。その中でも特に大切なのが、近所の人に声をかけて二人以上で雪下ろしを行なうことだ。なぜなら、一人に何かあった時、もう一人がすぐに救出活動が行えるからだ。

だが、聡さんにはせっかちなところがあるようで、さっさと一人で済ませようと、つい考えてしまうそうだ。

そんな聡さんの性格を心配しているのが、東京に住む一人娘と孫の希さんだ。聡さんは二人から「何かあった時すぐに連絡がとれるように、携帯電話を持って」と口をすっぱくして言われていた。


その日、聡さんの家では雪の重みで襖《ふすま》が開けにくくなってしまった。そのため、聡さんは一人で雪下ろしをすることにした。

雪は止んで、外は良い天気だった。

聡さんが雪下ろしのために滑りにくい靴を履いて、外に出ようとした。すると、家の中から声が聞こえた。

「一人じゃダメ」

希さんの声に似ているると聡さんは思った。

だが、希さんは今頃、東京の高校で勉強中だ。一人で雪下ろしするのは良くないと分かっているので、後ろめたさが聞かせた空耳だろうと、聡さんは考えた。

しかし、希さんの声かもと思ったおかげで、聡さんは希さんから携帯電話を持つように言われていたことを思い出した。聡さんは携帯電話をポケットに入れて外へ出た。

その十数分後、運悪く事故が起こってしまった。聡さんは屋根の雪と一緒に滑り落ち、頭を打った。そして意識がもうろうとしたまま、屋根からの落雪ですっぽりと埋もれてしまったのだ。

すぐに見つけられなければ、呼吸もできなくなるだろう。だが、近所の人は誰も気付かず、通りがかる人もいなかった。

聡さんは、薄れゆく意識の下で、また希さんの声を聞いたそうだ。それは「しっかりして」と必死に呼びかける声だった。聡さんは、冷たい雪に包まれながら、希さんとはもう会えないのかと胸が締め付けられる思いがしたという。

ところが、聡さんは近所の人によって助け出され、命を取り留めた。それどころか、軽いケガだけで済んだのだ。

後で聡さんが近所の人から聞いた話はこうだ。

ちょうど外へ出ていた近所の人が、聡さんの家の軒先にできた雪の山の側に、しゃがみこんでいる少女の姿を見たそうだ。近所の人は、学校がある時間帯なのに、なぜ少女がいるのだろうかと思って聡さんの家まで来てみると、その少女はいなくなっていた。

その時、雪の山から携帯電話の着信音が聞こえた。そのため、もしや誰かが下敷きになったのではと思い、雪を掘り返したそうだ。すると、雪で埋まった聡さんが出てきた。

一見、めでたく一件落着したかのように思える話だが、実は不幸が起きていたのだ。

聡さんが事故に遭った日の朝、東京にいる希さんが「おじいちゃん、一人で雪下ろしをするかもしれない」と心配していたそうだ。

希さんは「昼休みにおじいちゃんに電話してみる」と言って、高校へ出かけた。

しかし希さんは登校途中、交通事故に遭った。しかも、聡さんが希さんの声を聞いた頃は手術中だったという。

　ということは、近所の人が見た少女というのは、祖父思いの希さんの生霊だったのかもしれない。

三十　蛇女

蛇淵の滝（中魚沼群津南町）

大学生の美佳さんは友達と二人で紅葉の美しい秋山郷を訪れた。秋山郷は新潟県と長野県の県境にまたがる秘境である。

秋山郷の中でも特に美しいのは、紅葉に彩られた滝の風景。その光景を目にすると、月並みな言葉だが、「絵のように美しい」と言いたくなるという。美佳さん達は期待を込めて滝へと向かった。

滝の名前は一風変わっていて「蛇淵の滝」と言う。その由来はこうだ。

昔々、熊取名人が熊の後を追いかけ、川に架かった丸太を渡った。渡り終えたところで、振り返ると、丸太だと思っていたのは実は大蛇であることが分かった。名人は恐怖で脇目も振らず山道を逃げ帰った。そのため、「蛇淵の滝」と名付けられたそうだ。

蛇淵の滝への入り口を示す看板を頼りに、駐車場からは十分ほどの散策道を行く。歩きながら美佳さんは、真っ赤に色付いた紅葉を間近に見て楽しんだ。

ただ急勾配の散策道を下りながら、逆に急勾配を登なければならない帰り道が、美佳さんは少し心配になった。

散策道の先には展望台があった。展望台からは滝の全貌を見ることができた。

美佳さん達は葉の赤や緑、黄色と、それらの微妙な濃淡を背景に落ちていく真っ白な滝の水に心打たれた。

充分に目を満足させた後の帰りの散策道で、美佳さんは何かに躓《つまず》いてしまった。足元をみると、そこに一匹の蛇がいる。

美佳さんは恐ろしさのあまり、大きな声で叫んだ。

ところが友達は笑っている。蛇だと思っていたのは、実は木の枝だったのだ。

蛇淵の滝の名前の由来を知ったばかりだったので、木の枝が蛇に見えたのかもしれない。

美佳さんは自分自身のそそっかしさに笑ってしまった。

その日の晩、美佳さんが旅館で休んでいると、同じ布団の中に誰かがいる気配を感じた。

美佳さんは友達が寝ぼけて布団に入ってきたのだろうと思った。

美佳さんが寝返りを打つと、髪の長い女の後頭部が見えた。なんだか友達とは違う気がしてその向こうを見ると、友達は自分の布団の中にいた。

美佳さんが、何かがおかしいと思ったちょうどその時、侵入者が振り向いた。そこにいたのはやはり友達ではなく、全く知らない女であった。

女の口は耳元まで大きく裂けていた。女はその大きな口から舌を出した。舌は長く伸び、美佳さんのおでこを舐めた。

美佳さんは逃げようとした。すると、女は美佳さんに抱きついてきた。女の力は強く、美佳さんは身動きできない。女はじわじわと美佳さんを締め上げてくる。

美佳さんは助けを呼ぼうとした。が、声が出ない。友達は美佳さんが置かれた状況など知らず、スヤスヤと眠っている。

締め付けられた美佳さんはそのまま気絶してしまった。

朝になって目覚めると、美佳さんは昨日の出来事を友達に話した。しかし、友達からは「夢でも見たんでしょ」と笑われてしまった。

確かに現実にそんなことがあるわけがない。美佳さんもあれは夢だったのだろうと納得することにした。

しかし、洗顔後に鏡を見た時、首に内出血したような痣《あざ》があることに気付いた。これは何者かに締められた時にできたのではないか。美佳さんは旅館中に響き渡るほどの悲鳴を上げた。

あとがき

大学時代の同級生に山登りが趣味の友人「T」がいる。Tは神戸在住の男だが、日本全国の山々を登っている。

Tいわく、山には時々、説明がつかないような魔訶不思議な出来事が起きるそうだ。

私が怪談蒐集をしているということから、Tは自らが山で体験した数々の怪現象を話してくれる。

それらの話の中でも特に私の印象に残っているのが、新潟の八海山でTが体験した出来事だ。

四合目辺りで、Tはある男の姿を見かけたという。Tとその男は長い付き合いになるが、山登りをするなどと聞いたことはない。

しかし、八海山の四合目辺りは観光客も多く、ロープウェーで上がることもできる。もしかしたら観光で来ているのだろうかと、Tはその男に声を掛けてみようとしたそうだ。

すると、男は振り返り、Tに向かって、「やぁ」とばかりに手を挙げて微笑んだ。

Tは「ああ、やっぱりアイツだったか」と思ったそうだ。しかし、その瞬間、その男はすっと消えてしまったそうだ。

Tはその消えた男というのは、私もよく知っている人物であるという。私は興味を持って、その男の正体をTに聞いた。すると、Tはこう言った。

「お前だよ」と。

そう突然Tの前に現れ、消えてしまった男とは、なんと私のことだったのだ。

何度か取材で新潟を訪れたことはある。もちろん八海山も知っている。しかし、Tが八海山にいた日は、私は取材で京都にいた。どう考えても私ではない。世界には三人自分に似た人間がいるという。もしかしたら他人の空似だろうか。しかし、それでは跡形もなく消えてしまうという怪現象は説明がつかない。

しかし、新潟の雄大な自然の中に身を置いていると、まるで異世界へ迷い込んだようで、そんな不思議もあり得るのかもしれないと思ってしまう。

今回は山の章、河の章を設け、新潟の自然を舞台にした怪異譚も紹介した。楽しんでいただけただろうか。

最後に取材にご協力いただいた皆様、怪談師の正木信太郎さん、橋渡ししてくださった、しのはら史絵さんにお礼を申し上げます。

寺井広樹

この書籍内で使用される人物名は全て仮名です。

TOブックス
好評既刊発売中

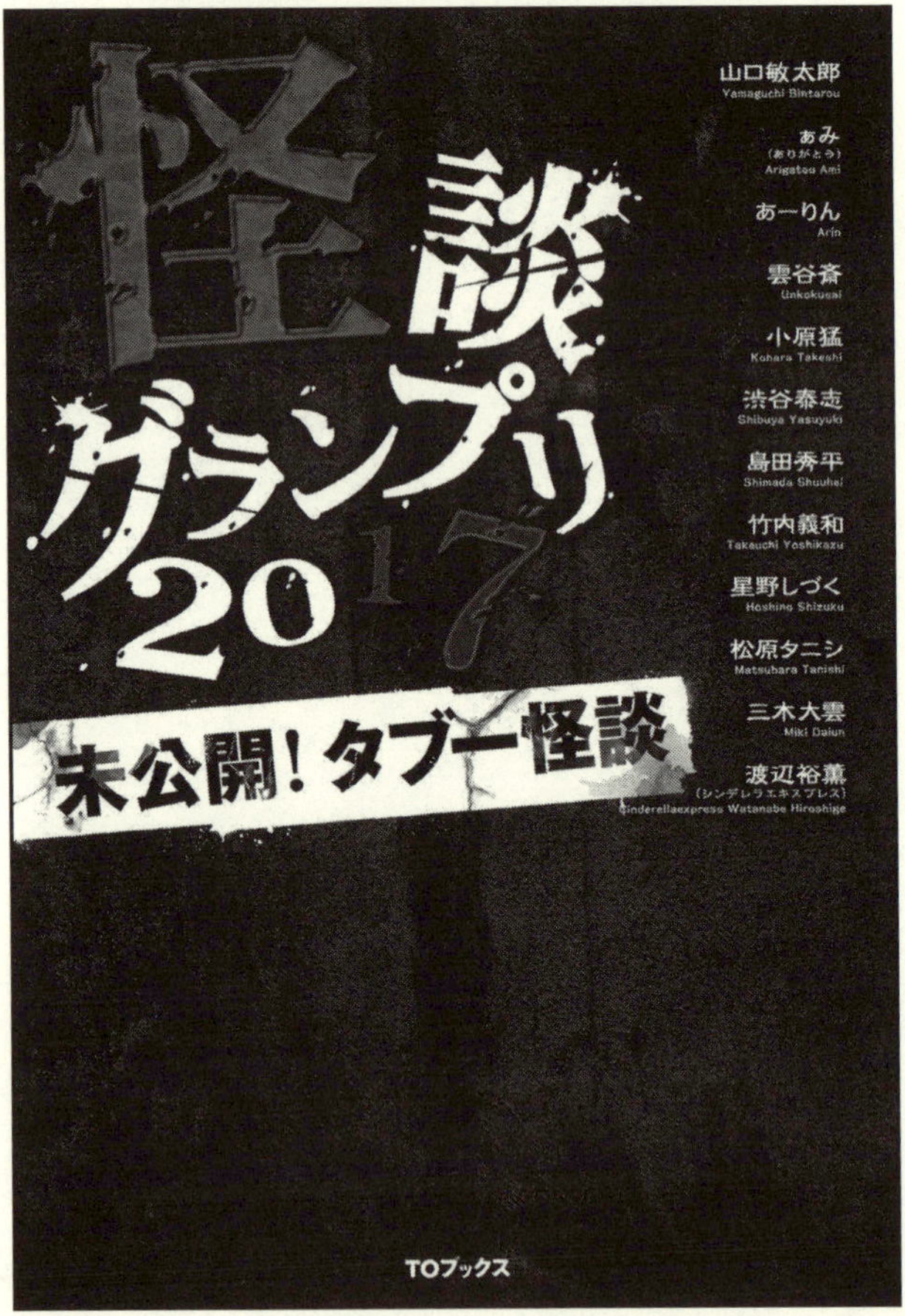

［怪談グランプリ2017 未公開！タブー怪談］

著：山口敏太郎、他９名

この夏、最恐の怪談師の饗宴!! 最恐テレビ番組「怪談グランプリ」出演者たちが、テレビでは語れない秘蔵の怪談を本書で披露。某タレントさんの事故死にまつわる不吉な前兆、事故物件住みます芸人ならではの、とんでもエピソードなどなど読まずにはいられない怪談を収録!!

TOブックス

好評既刊発売中

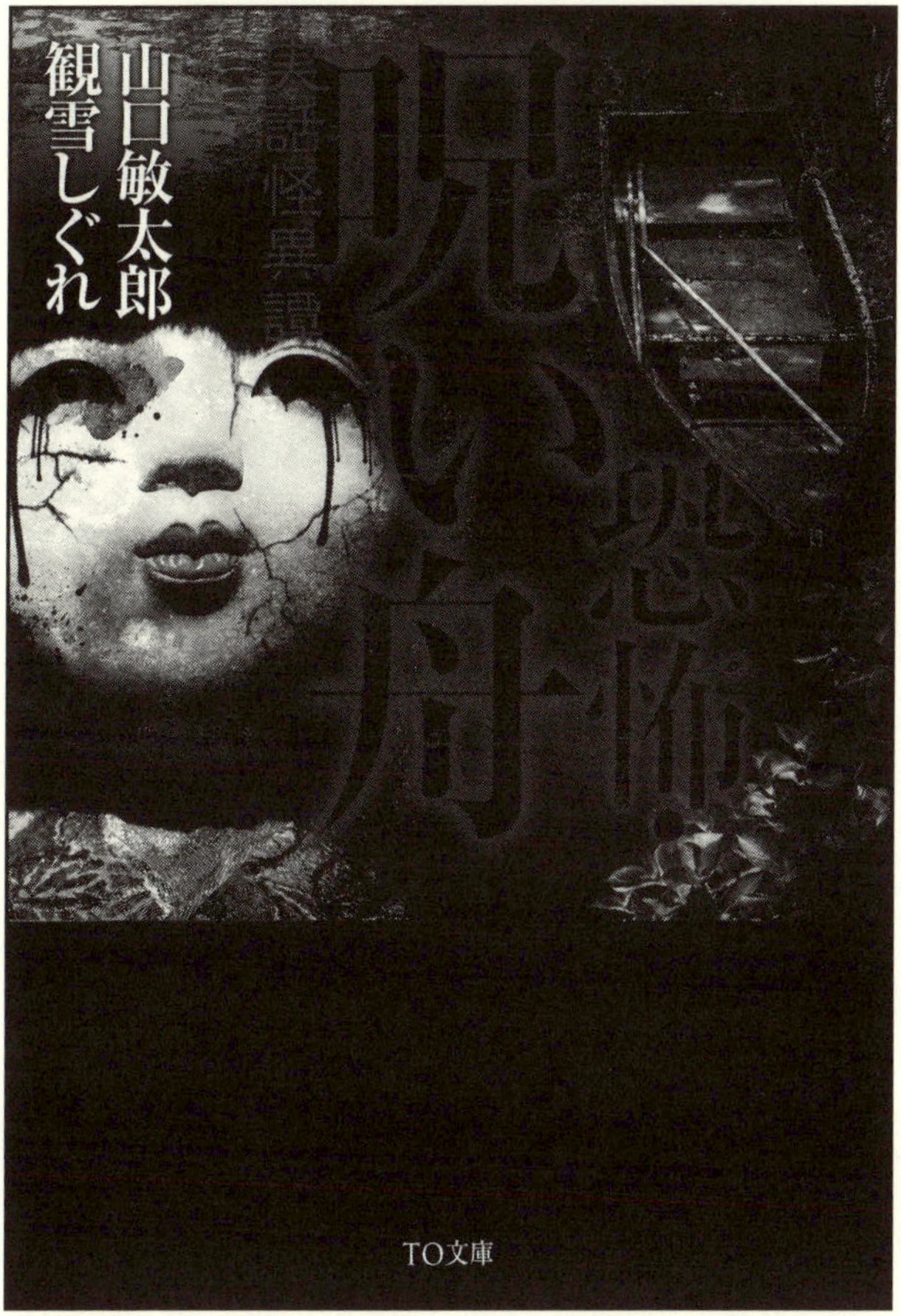

［恐怖・呪い舟〜実話怪異譚〜］

著：山口敏太郎、観雪しぐれ

あなたの隣にもきっといる——その「何か」を覗き見てみませんか？ テレビを始め、数々のメディアで活躍するオカルト界の奇才・山口敏太郎×覆面美女の怪談師が贈る怪異譚！ 全国各地で記録された不思議な現象、背筋が凍る体験談を厳選蒐集！

TOブックス
好評既刊発売中

［福岡の怖い話］
著：濱 幸成

旧仲哀トンネル、坊主ヶ滝、油山、犬鳴ダム、旧犬鳴トンネル、宝満山、小戸公園、二見ヶ浦、高良山、津屋崎、脊振……。この地を包み込む、身の毛もよだつ恐怖と怪異が今、始まりを告げる……。

TOブックス
好評既刊発売中

[福岡の怖い話・弐]
著：濱 幸成

悠久の時を経て蘇りし元寇の怨念…。ダムは死を呼び、トンネルには女の叫び声、公園には古代兵士の亡霊が現れる！怪異が巣食いし博多の地！福岡県各地で頻発する怪奇現象。地元在住の怪談収集家は異界のものたちに魅惑されてゆく…。

TOブックス

好評既刊発売中

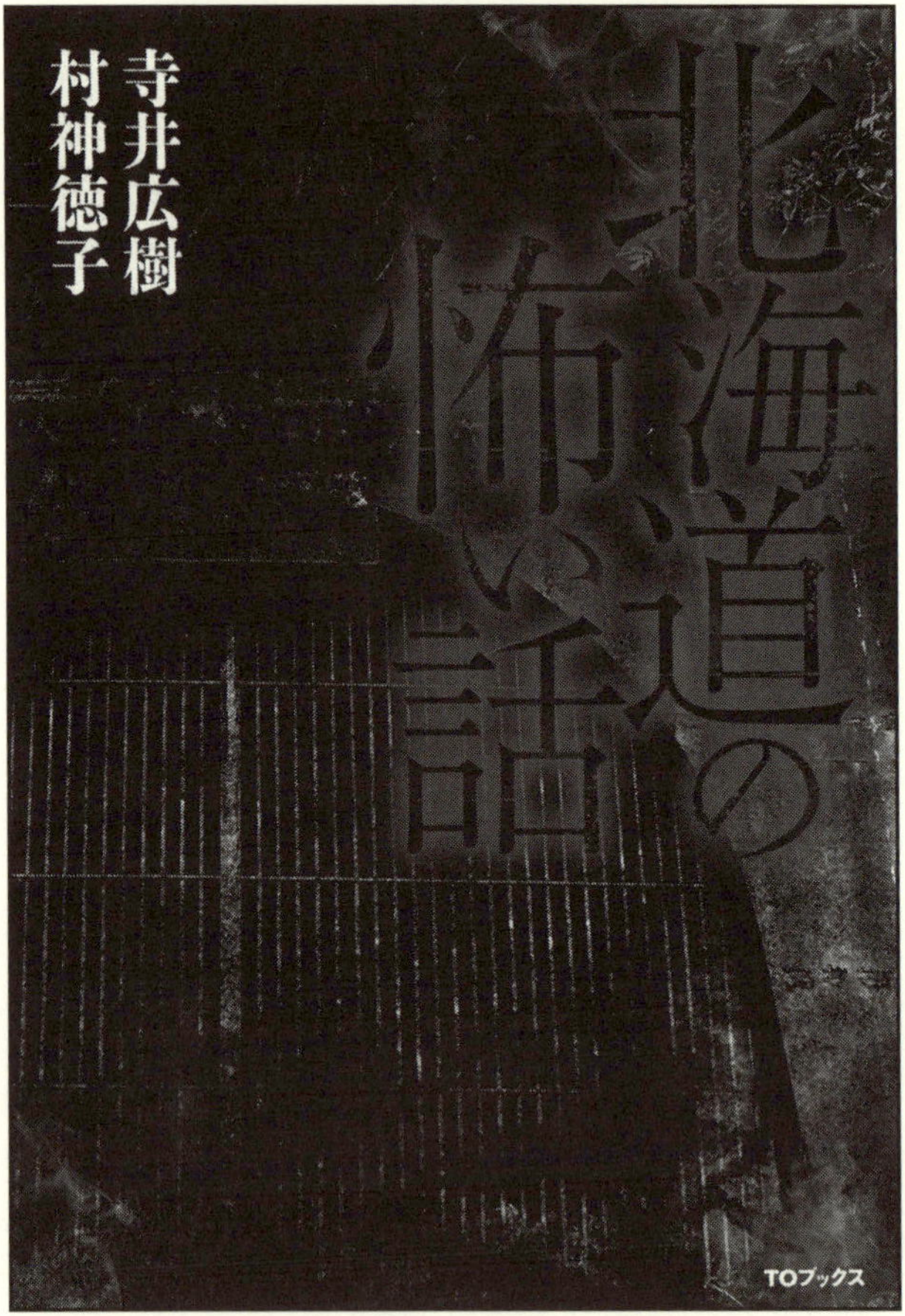

［北海道の怖い話］

著：寺井広樹、村神徳子

夕張新炭鉱、里塚霊園、星置の滝、死の骨の湖……。北の大地には多くの血が滲む…。道内には、今も知られざる恐怖がある……。

TOブックス
好評既刊発売中

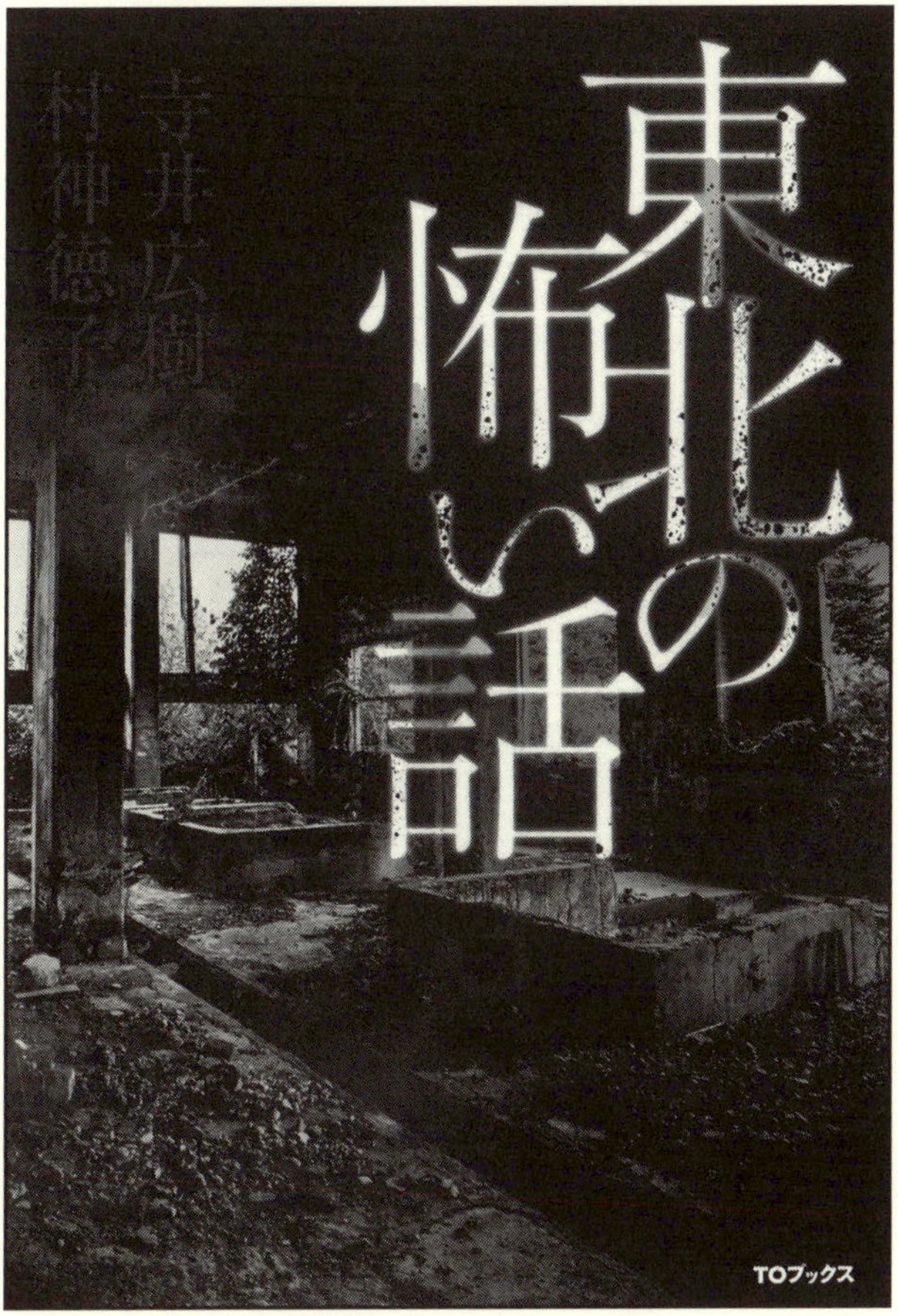

［東北の怖い話］
著：寺井広樹、村神徳子

旅客機墜落現場、水子の洞窟、廃墟ホテル、滝不動、水音七ヶ宿ダム……。精霊と怨霊、そして、封じられた霊魂。実在する心霊スポットには、今も数多の霊が行きかい、そして、人を襲う!!

TOブックス
好評既刊発売中

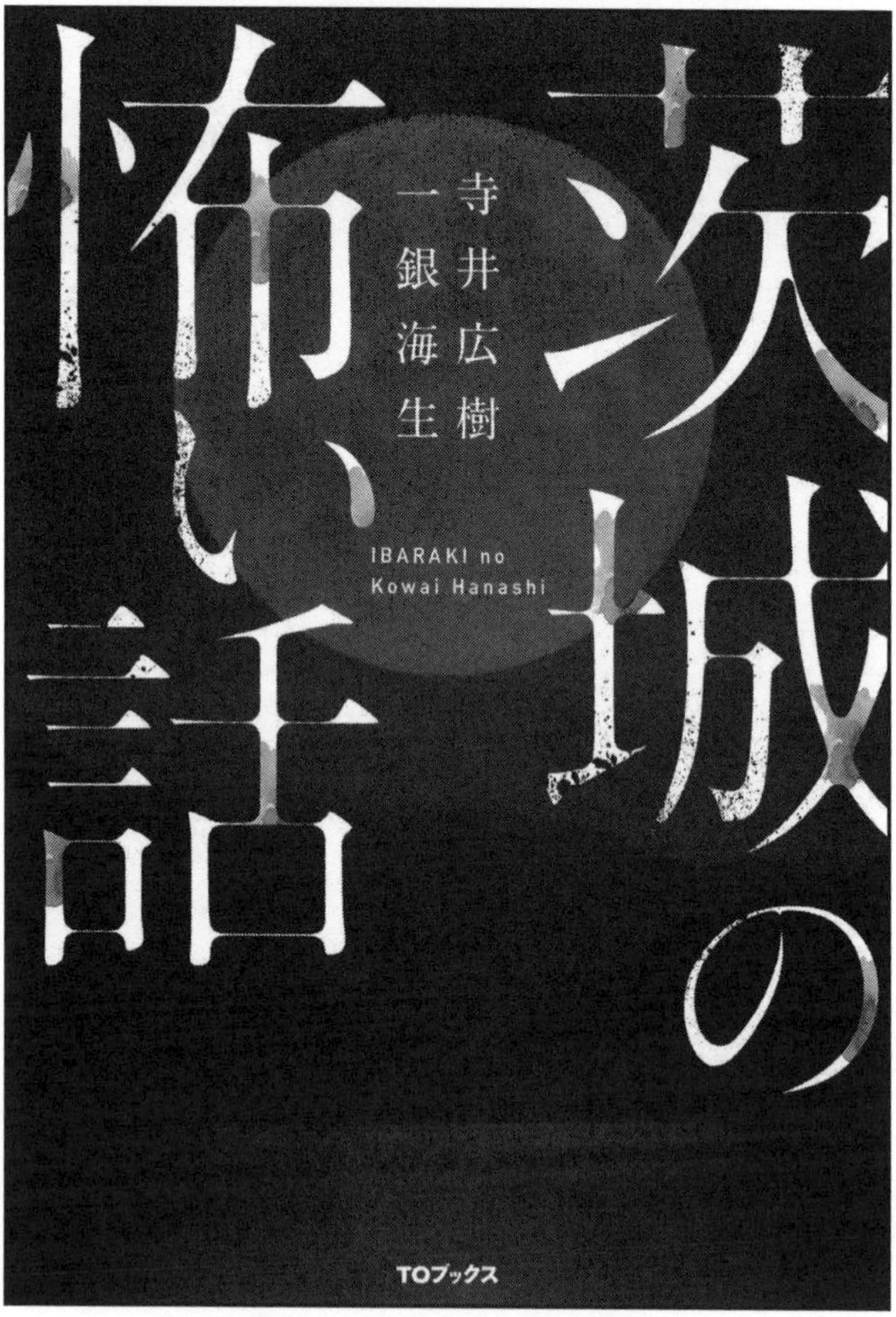

［茨城の怖い話］
著：寺井広樹、一銀海生

かつて、戦乱の地であり、軍事拠点だった茨城。霞ヶ浦には特攻隊員の霊が現れる！かつて特攻隊員たちが飛び立った地、茨城で発生する心霊現象！二人の怪異作家が今でもうごめく霊魂たちを記す！

TOブックス
好評既刊発売中

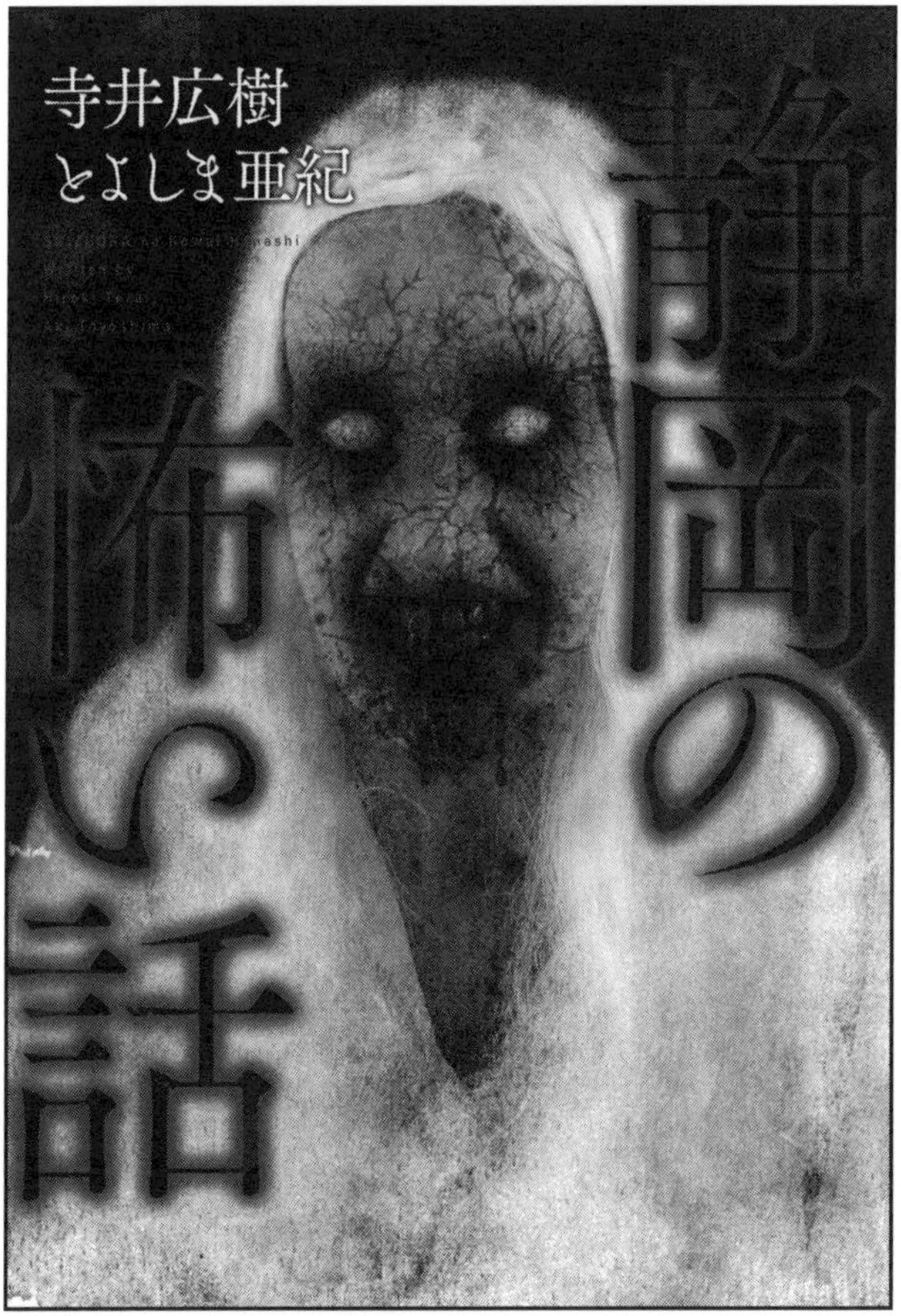

［静岡の怖い話］
著：寺井広樹、とよしま亜紀

静岡出身のカメラマンの母親は、息子夫婦とうまく行かない日々を過ごしていた。妖が生み出した幻影が、傷心の母を取り込む！静岡、沼津、富士宮などでおきた戦慄の実録怪異譚！

TOブックス
好評既刊発売中

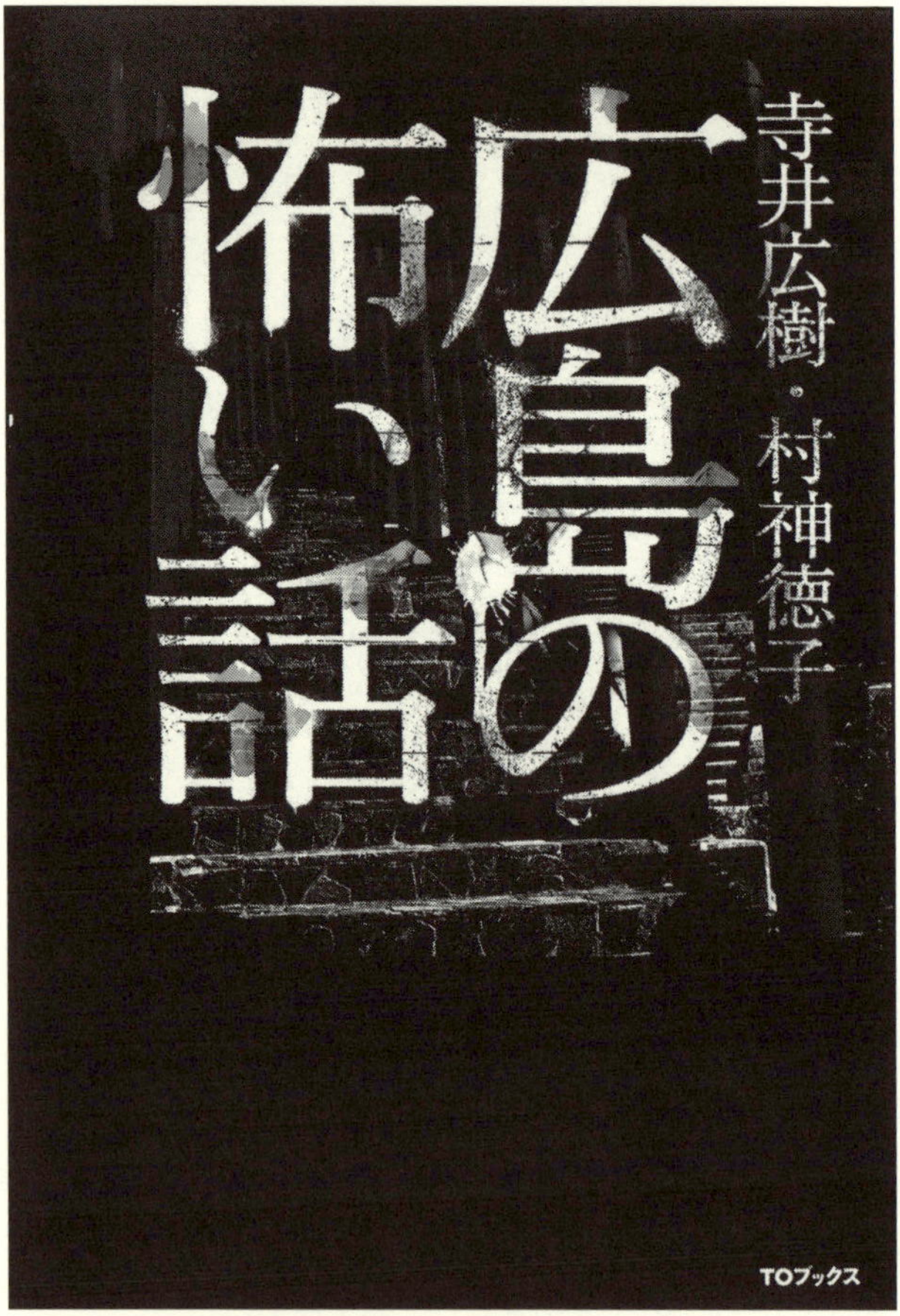

［広島の怖い話］
著：寺井広樹、村神徳子

広島には、知られざる恐怖が埋まっている——。

弥山、福山グリーンライン、似島、灰が峰、高暮ダム、少女苑、江田島、世羅町、呉、平和記念公園……。知られざる心霊スポットの宝庫、この地を包み込む、身の毛もよだつ恐怖と怪異が今、始まりを告げる……。

TOブックス

好評既刊発売中

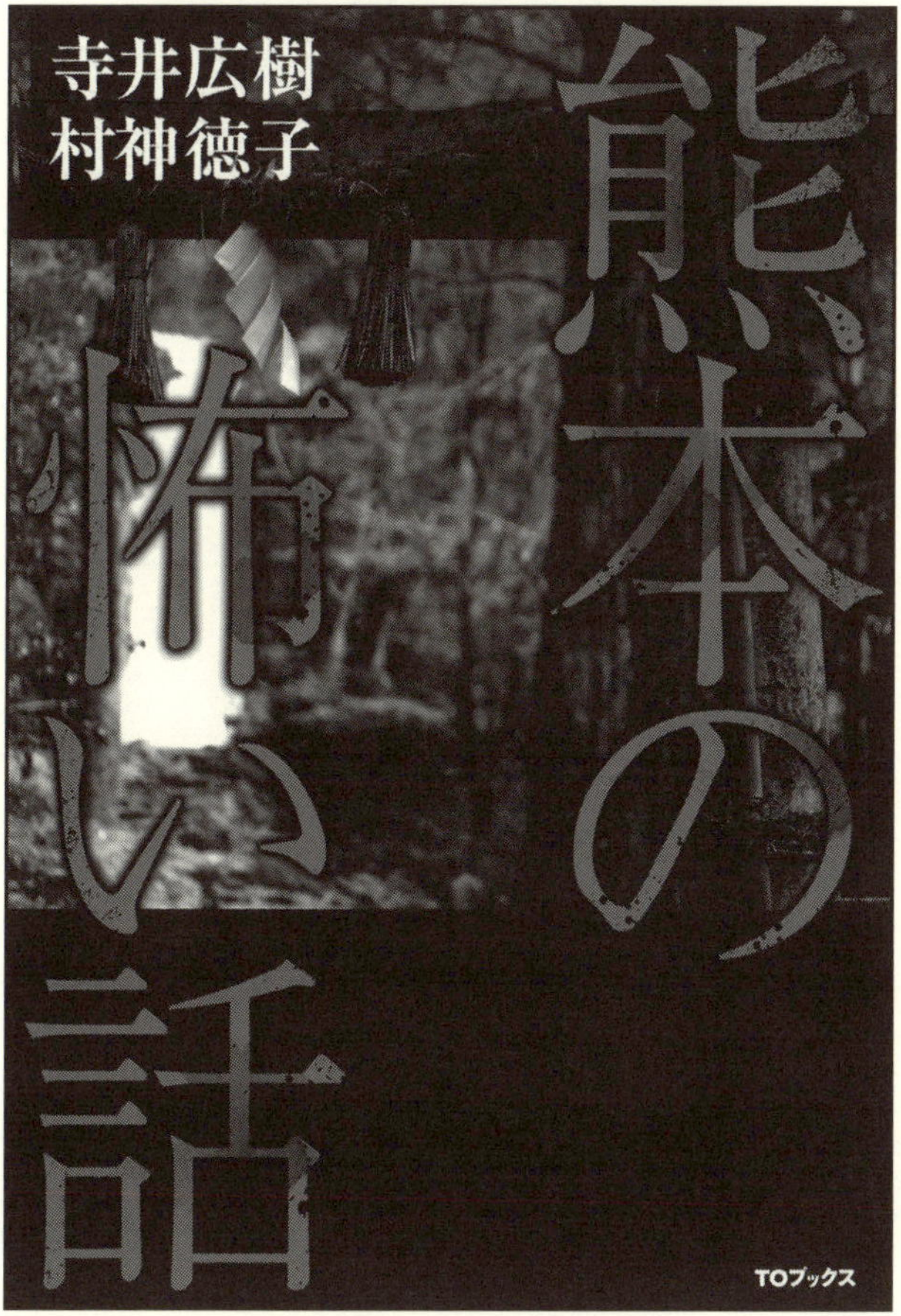

［熊本の怖い話］

著：寺井広樹、村神徳子

「まっぽすさん」、田原坂、吉次峠、立田山、天草パールラインホテル、熊本城……熊本には奇譚が多い。神や白蛇にまつわる伝承も……。神と寄り添う土地の恐怖。

寺井広樹（てらい・ひろき）

1980年生まれ。怪談蒐集家。銚子電鉄とコラボして「お化け屋敷電車」をプロデュース。『広島の怖い話』『東北の怖い話』『北海道の怖い話』『熊本の怖い話』『茨城の怖い話』『お化け屋敷で本当にあった怖い話』『静岡の怖い話』(いずれもTOブックス)、『日本懐かしオカルト大全』(辰巳出版)など著書多数。

とよしま亜紀（とよしま・あき）

雑誌・書籍編集兼ライター。漫画原作等も手がける。
小学校時代より、幽霊、臨死体験、生まれ変わりといった「心霊現象」に興味を持つ。
「怪談収集」「B級グルメ食べ歩き」がライフワーク。
著書に『静岡の怖い話』(TOブックス)。

新潟の怖い話 妙高山に現れし闇の者

2018年7月1日　第1刷発行

著　者　寺井広樹・とよしま亜紀

協　力　佐宗政美

発行者　本田武市

発行所　TOブックス
〒150-0045 東京都渋谷区神泉町18-8
松濤ハイツ2F
電話 03-6452-5766(編集)　0120-933-772(営業フリーダイヤル)
FAX 050-3156-0508
ホームページ　http://www.tobooks.jp
メール　info@tobooks.jp

印刷・製本　中央精版印刷株式会社

本書の内容の一部、または全部を無断で複写・複製することは、法律で認められた場合を除き、著作権の侵害となります。
落丁・乱丁本は小社（TEL 03-6452-5678）までお送りください。小社送料負担でお取替えいたします。定価はカバーに記載されています。

©2018 Hiroki Terai / Aki Toyoshima　ISBN978-4-86472-696-2　Printed in Japan